NOVELA JUVENIL DE
Rosana Rios & Eliana Martins

DIAMANTE BRUTO

1ª edição - Porto Alegre/RS - 2014

SUMÁRIO

PARTE 1

CAMINHO DE IDA
PAG9

Capítulo I 11

Capítulo II 21

Capítulo III 37

Capítulo IV 53

Capítulo V 70

PARTE 2
CAMINHO DE VOLTA
PAG81

Capítulo VI 83
Capítulo VII 99
Capítulo VIII 110

PARTE 3
CAMINHOS CRUZADOS
PAG125

Capítulo IX 127
Capítulo X 140
Capítulo XI 152
Capítulo XII 159
Vocabulário de termos regionais 179

◈

Bruno disfarçou o nervosismo e deu a primeira olhada pela janela do avião. A cidade, lá embaixo, distanciava-se velozmente como se ela, e não o avião, estivesse em movimento. O garoto engoliu em seco, constatando que a sensação era boa. Sem contar certo frio na barriga e um zumbido nos ouvidos, sentia-se bem.

Teria alguém percebido que ele era "marinheiro de primeira viagem"? Não, decidiu. Ninguém, a não ser os comissários de bordo, parecia ter sequer notado sua presença. Ao seu lado, absorto, um senhor gordo lia uma revista cheia de estatísticas. Nem piscava. "Deve ser sua milésima viagem" – pensou Bruno impressionado – "e ele nem liga mais".

Uma das comissárias trouxe um lanche e, embora ele não tivesse fome, forçou-se a comer de tudo que vinha na embalagem plástica. O avião estava agora acima das nuvens, e o garoto começava a se sentir um veterano em viagens aéreas. Repassou mentalmente tudo que acontecera nos dias anteriores: a chegada da passagem, a arrumação da mochila, o nervosismo da mãe no aeroporto, deixando-o aos cuidados das comissárias, o embarque, as centenas de recomendações. Tudo muito excitante para um adolescente que voava pela primeira vez.

Em menos de duas horas estariam em Salvador. Isso se o voo não demorasse mais que o previsto. Bruno consultou o relógio e voltou a espiar as nuvens passando pela janela do avião. Era bom estar ali, no alto, longe de tudo. Ele teria muito que contar aos amigos quando voltasse. Déo e Zeca iam morrer de inveja. Imaginou o rosto de Mônica, a ouvir suas aventuras. Férias na Bahia com o pai!

Com o pai.

Bruno não queria pensar no pai. Não agora. Já era difícil esquecer os discursos intermináveis da mãe desde que a ideia da viagem surgira...

CAMINHO DE IDA

PARTE
1

**São Paulo, dias de hoje.
Segunda-feira.**

CAPÍTULO

1

– Acho que você vai se divertir um bocado.

– Hum.

– Está certo que vocês não têm estado juntos ultimamente, mas não foi culpa do Rodolfo. Você sabe muito bem que seu pai viaja o tempo todo. Aliás...

"Aliás esse foi um dos motivos por que vocês se separaram" – Bruno pensou, mas não disse. Enfiou a cara na gaveta da cômoda para disfarçar a irritação.

Dona Suely pigarreou e continuou falando.

–... você não tem mais idade pra ficar guardando mágoas. Seu pai já pediu desculpas por aquele caso do jogo. Ele ia assistir sua estreia no time, mas aconteceu o tal desabamento não sei onde, e ele teve de ir fazer a perícia, deu até na tevê.

– Hum.

– E já que é o último mês dele no Nordeste antes de voltar para São Paulo, seu pai vai ter tempo de sobra pra passear. Foi uma ótima ideia ter convidado você!

"Depois de você buzinar a ideia um ano na orelha dele, tinha de convidar" – foi o pensamento que, mais uma vez, não saiu da gaveta.

Desta vez, dona Suely olhou-o como se tivesse ouvido algo. Bruno disfarçou.

– Cadê minha bermuda xadrez? Em Salvador faz um calor danado. E a gente ainda vai passar uns dias na tal cidadezinha sei lá onde.

– Vai ser ótimo conhecer a Chapada Diamantina, além de Salvador. Se der tempo, o Rodolfo disse que vão passar em Ilhéus, Porto Seguro... Não acha que é a ocasião ideal para dois homens se entenderem?

Bruno tirou a cara de dentro da gaveta.

– Hum?

– Eu perguntei o que você acha.

– Eu acho que ela foi roubada.

– Quem? – a mãe parecia atônita.

– Minha bermuda xadrez! Não encontro em lugar nenhum.

– Bruno, você não ouviu uma palavra do que eu disse!

O garoto fechou a gaveta da cômoda e abriu a porta do guarda-roupa.

– Claro que ouvi. Cadê meu celular?

Salvador, Bahia. Terça-feira de manhã.

Rodolfo lançou um olhar aflito ao relógio na parede.

– Vou indo, Bete. O voo do meu filho deve chegar em quarenta minutos.

– Já estou quase acabando, aqui – disse a moça, posicionando alguns ícones da tela de um notebook novinho. – Coloquei um programa novo, criptografado: parece um jogo, mas para se comunicar conosco será sempre melhor conseguir uma conexão e usar este. Celulares não serão tão seguros por lá. Veja como funciona.

Ele sorriu ao testar o software. Simples e seguro.

– E este outro aqui do lado, que também parece um joguinho, o que é?

– Este é um jogo mesmo – ela explicou. – Seu filho vai gostar; tem zumbis, vampiros e essas coisas que adolescentes apreciam... E agora, doutor Rodolfo, a despedida é pra valer.

– Ainda passo aqui na volta de Lençóis – ele assegurou –, para devolver o carro do Lourenço, antes de voarmos para São Paulo.

A mulher suspirou.

– Só acho que o senhor deve tomar muito cuidado. É tudo extraoficial, não vai haver ninguém para dar apoio lá na Chapada, já que a superintendência do Ibama tirou todos os funcionários da região. Se alguma coisa acontecer...

Rodolfo fechou o gaveteiro e colocou a chave sobre a mesa da secretária.

– Não vai acontecer nada! Vou como turista. Meu filho vai junto. Vamos só tirar umas fotos, comprar umas lembranças... nada pode ser mais inocente.

– Mesmo assim – insistiu a moça, preocupada –, lembre-se do meu email alternativo. E mande a mensagem de emergência que combinamos, caso alguma coisa não ande bem. Dois fiscais foram baleados nos últimos meses. A polícia diz que não tem pistas, e Brasília parece não ver o que está acontecendo. Gostaria que mais gente estivesse sabendo do problema.

– Eu, o Lourenço e você já somos uma multidão. E ainda tem o nosso contato na PF. Se houve mesmo corrupção no caso das invasões, e se há parlamentares implicados, quanto menos gente souber, nesta etapa, melhor... Agora tenho mesmo de ir. O notebook está pronto?

Bete desligou o pequeno computador e entregou-o ao engenheiro.

– Prontinho, doutor Rodolfo – suspirou ela. – Boa sorte. E dê as boas-vindas ao seu filho. Espero que ele goste da Bahia!

O homem colocou o notebook na mochila e deixou o edifício. Sentia-se aliviado. Terminara todas as estatísticas, os pareceres, os relatórios, estava de férias. O "trabalho" que faria em Lençóis, a pedido de Lourenço, não podia ser chamado de trabalho. Era apenas... "Espionagem". – Riu-se, ao imaginar o que o filho diria se soubesse.

Tirou o paletó, entrou no carro e seguiu o mais depressa possível para o aeroporto. Não se preocupava com os perigos que Bete temia. O que o preocupava era outra coisa.

– *Voo 365, de São Paulo a Salvador sem escalas. Desembarque no portão 2.*

As vozes metálicas nos autofalantes de aeroportos sempre irritavam Rodolfo. Dirigiu-se ao portão 2, já sem poder ocultar o nervosismo.

Fazia pelo menos quatro meses que não via o filho, desde que surgira aquele trabalho em Salvador. Não era nada fácil ser pai nos dias de hoje. Pensou em como seus últimos encontros tinham sido difíceis... De que maneira se relacionariam agora?

– Pai!

O garoto de camiseta vermelha ao lado da comissária era Bruno. O pai acenou e correu para encontrá-lo. Tudo ia dar certo! Não estavam em São Paulo. Iam se divertir muito, e o passado não interessava.

Nenhum deles sabia que, juntos, fariam uma inesperada viagem ao passado...

Lençóis, Bahia. Terça-feira de manhã.

A manhã era fresca, mas o velho que caminhava, trôpego, ardia em febre.

Murmurava coisas desconexas, observando a terra de onde tanto sofrimento havia brotado. Passava os olhos pelos morros da Chapada Diamantina, mal conseguia raciocinar. Sabia apenas de duas coisas: o próprio nome e que tinha de prosseguir.

– Agenor. *Inda* me lembro de minha avó me chamando. Agenor, vem ouvir a história dos Lençóis! Eu ia. E ela contava a história... Diamante brotando em cada riacho, e lá no Rio São João. Os *garimpero* chegando de Minas Gerais e Santa Izabel do Paraguaçu. *Num* tinha casa pro povo *morá*, aí *começaro* a *levantá* barraca de pano branco. Pra quem chegava e *via* de longe, aquilo parecia um monte de lençol branco estendido no vento!

A subida começava a ficar mais íngreme. Buscando forças para a escalada, Agenor falava alto, como se não estivesse sozinho naquele morro.

– Foi de tanto lençol branco que veio o nome desta terra; e foi terra boa pra tanta gente, menos pra mim e minha *famia*... A maldição. A *maldiçoada*. Lençol branco *num* combina com maldição. Mas eu *vô acabá cum* ela, *num* sabe? Ah, se *vô*!

Ele estava exausto ao atingir o topo do morro. Sentou-se no chão e observou o vale que, verdejante, espalhava-se do outro lado. Aos poucos, um sorriso se estampou naquele rosto crestado.

– Valha-me Nosso *Sinhô* do Bonfim! É ali. É ali que *vô infiá ocê, tinhosa*!

Os olhos murchos do velho haviam divisado lá embaixo, perdido no vale, um amontoado de rochas. E podia jurar que havia uma entrada escondida em meio às pedras.

– Vai *dá* tudo certo. *Vô lhe enfiá* terra adentro. Ah, se *vô*!

Salvador, Bahia. Terça-feira, hora do almoço.

Lourenço deixou o olhar vagar de Rodolfo para Bruno, depois de Bruno para Rodolfo. No pequeno apartamento, tudo estava arrumado. O *flat* no coração da capital baiana servira ao engenheiro por vários meses, e agora sua função de lar temporário terminava. As malas próximas à porta já tinham sido fechadas. O pai, na cozinha exígua, acabava de lavar os pratos depois de uma luxuriante moqueca de camarão. O filho, na varanda, despedia-se da cidade.

– E então, Bruno, o que achou de São Salvador? – a voz de Lourenço sempre saía brincalhona, com o molejo típico de um baiano bem-humorado.

– Legal, tio – foi a lacônica resposta.

Bruno não conseguia tirar os olhos das ruas lá embaixo, a Avenida Sete fervilhando de gente, carros, movimento, seguia como uma cobra cortando a cidade. A vista era sensacional: se não houvesse tantos edifícios, daria até para se ver o Farol da Barra na extrema esquerda.

– A que horas vocês vão sair? – Lourenço agora se dirigia a Rodolfo.

O almoço decorrera quase que em silêncio total, apenas entremeado pelos elogios à deliciosa refeição. Se aquelas férias haviam sido planejadas para que pai e filho se entendessem, não pareciam estar surtindo muito efeito; havia bastante constrangimento no ar.

– Em cinco minutos – respondeu Rodolfo, que estivera quase tão calado quanto o filho.

– Então, se não precisam de mim pra mais nada, vou indo – Lourenço levantou com esforço o corpo volumoso do sofá; decididamente, começaria um regime no dia seguinte. – Até a volta, Bruno. Você vai gostar de Lençóis, é uma cidade histórica da Chapada Diamantina. Quem sabe encontre alguns diamantes e volte rico?

– Tomara, tio – Bruno não estava mesmo a fim de conversa.

Foi só no momento de se despedirem, à porta do apartamento, que Rodolfo deixou escapar o que Lourenço esperava.

– Não se preocupe – cochichou. – O esquema está de pé: estou preparado para as eventualidades. Mando as fotos digitalizadas pelo programa novo do notebook e, se for preciso, aciono a mensagem de emergência.

– Vou esperar – disse o outro. – Bete é ótima em criptografia. Não dá pra hacker nenhum traçar o caminho até um de nós. E já sabe: caso as coisas se compliquem, não banque o herói. Se sua mensagem chegar, o pessoal do Instituto Chico Mendes tira vocês de lá.

Rodolfo sorriu com o canto da boca.

– Relaxa, Lourenço. Não sou amador... Deu tudo certo no Pará e no Mato Grosso do Sul, lembra? As fotos foram pro Ibama, e os invasores nunca desconfiaram de mim. Ainda mais agora, que serei só um "pai solteiro".

O outro sorriu, já chamando o elevador.

– Tem razão. Mas é que esse pessoal do garimpo pode ser muito perigoso. Pegue leve!

"Vai dar tudo certo", pensou Rodolfo, fechando a porta e passando o apartamento em revista com um breve olhar.

"Hora de irmos. Quem sabe o astral melhore quando pegarmos a estrada..."

Se tivesse prestado atenção ao rosto do filho, que ainda observava a vista, ou fazia de conta que observava, teria percebido uma súbita mudança. Bruno não parecia mais constrangido, embora os dois amigos falassem baixinho à porta, havia escutado boa parte da conversa. Ficara desconfiadíssimo.

Alguma coisa estava estranha naquela viagem a Lençóis, e ele imaginava o que podia ser. Tinham falado em criptografia... em invasores! Em que tipo de encrenca seu pai estava metido?

A voz de Rodolfo interrompeu suas conjecturas.

– Muito bem, filho, veja se não esquecemos nada. É bom sairmos já, temos um longo caminho até a Chapada.

– Legal – foi a única palavra dita.

No entanto, o sorriso que a acompanhou mostrou a Rodolfo que o clima mudara. O filho parecia ansioso para viajar, satisfeito com algo.

"Vamos nos dar bem, afinal", pensou, aliviado.

Mas foi só um bom tempo depois, quando o carro já percorria a estrada na direção de Feira de Santana, onde parariam um pouco antes de seguir rumo à Chapada, que Bruno engatou uma conversa de verdade.

E, apanhado de surpresa, o pai não soube se devia comemorar ou lamentar o fato.

Bruno se voltou para ele e disse, diretamente:

– Pai, quero saber a verdade. O que é que você vai fazer em Lençóis?

Lençóis, Bahia, nos dias de hoje.
Terça-feira ao anoitecer.

CAPÍTULO

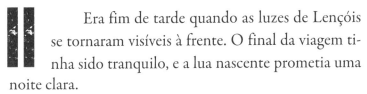

Era fim de tarde quando as luzes de Lençóis se tornaram visíveis à frente. O final da viagem tinha sido tranquilo, e a lua nascente prometia uma noite clara.

– Cansado, filho? – perguntou Rodolfo.

– Médio. A estradinha é sacolejante, mas é bonita.

– E a fome, como é que anda?

– Maneira. Agora começou a apertar – respondeu Bruno. – *Cê* tem hotel reservado, pai?

– Não, mas logo a gente arruma uma pousada. Lourenço disse para procurarmos o bar de um tal Mestre Ambrósio, uma espécie de guia turístico da cidade. Dizem que ele só não sabe qual era a cor do cavalo branco de Napoleão; de resto, sabe tudo.

Rodolfo entrou no perímetro urbano. Bruno sorriu, malgrado seu; nas últimas horas, quase não dizia nada, como que punindo o pai por haver desconversado quanto ao real motivo da viagem.

– Estou de férias – dissera Rodolfo. – Uma semana de descanso num lugar sossegado é tudo que eu quero,

depois da maratona de trabalho que tive em Salvador. Há um tempão, eu tinha prometido que faríamos uma viagem. Que outro motivo pode haver?

Mas ele vira, no canto dos olhos do pai, a mentira. Calara-se, aguardando outra ocasião para voltar ao assunto. Ocasião que parecia ter chegado, com a cidade tomando forma ao redor deles.

Seguiram devagar por ruas estreitas.

– Pai – disse Bruno, afinal, depois de um último silêncio –, se for segredo, tudo bem você não me contar. Mas me dá uma dica!

Observando os detalhes da rua em que entrara, que dava na igreja do Senhor dos Passos, Rodolfo mais uma vez desconversou.

– Foi uma pena não termos chegado para a Festa de Reis, dizem que é incrível. Pode ser que peguemos a do Senhor dos Passos. Não tenho certeza da época, mas...

– Pai, quer falar sério uma vez na vida? Você não veio aqui pra ver essa tal festa, muito menos pra brincar de turista!

– De onde tirou essas ideias, filho?

– Da conversa que você e o tio Lourenço tiveram na porta do apartamento. Eu ouvi uma parte, foi sem querer, mas ouvi!

Rodolfo se manteve atento ao estacionar o carro na praça, que parecia ser o coração da cidade.

"Esqueci que ele deve ter herdado a minha superaudição", refletiu. Lembrava-se de como era curioso quando garoto e da canseira que dava nos pais quando ouvia suas conversas. Bruno o interrogaria até a exaustão...

Desligou o carro e tirou a chave do contato.

– Eu não queria contar porque a coisa toda pode ser perigosa – disse, não muito confiante. – Vou fazer um serviço secreto para o Lourenço.

A satisfação de Bruno foi indisfarçável.

– Serviço secreto? Que tipo de serviço?

Uma olhada ao redor mostrou a Rodolfo que não estavam sendo observados. Depois refletiu que, mesmo se estivessem, não havia nada mais natural que pai e filho trocarem algumas palavras no carro. Como este pertencia a Lourenço, a placa era de Salvador, não chamava tanta atenção como chamaria se fosse um veículo do sul.

– Preste atenção e não repita isso a ninguém. Você sabe que fiquei esses meses todos em Salvador, prestando serviços de engenharia à firma do Lourenço, que tem filiais em várias capitais do Brasil e dá consultoria para o Ibama, o Instituto Brasileiro do Meio Ambiente. O que nem você nem sua mãe sabem é que, além de fazer as análises de segurança, que são o meu serviço oficial, às vezes eu me faço de turista pra descobrir invasões ilegais de terras e outras situações desse tipo.

Os olhos do garoto pareceram que iam saltar fora do rosto, de tanta emoção.

– Sério?! Eu já vi umas reportagens na tevê sobre invasões de terras indígenas, de parques nacionais... Será que isso é mesmo perigoso?

Rodolfo suspirou.

– Se eu viajasse com crachá do Ibama pode crer que seria bem arriscado! O Brasil é enorme, e em muitas regiões ainda vale a "lei do mais forte". Coronéis, latifundiários ricos e até políticos mandam e desmandam em alguns lugares. Por isso minha vinda pra cá. Há algum tempo, tem havido denúncias de exploração de minas clandestinas em Lençóis. Como, por aqui, houve muito diamante no passado, tem gente que não para de procurar jazidas. Alguns fazem isso legalmente. Mas tem aqueles que invadem a área do Parque Nacional da Chapada Diamantina, que, em teoria, é protegida por leis federais.

– E o governo não mandou ninguém investigar esse negócio? – quis saber Bruno.

Rodolfo agora pegava os documentos no porta-luvas do carro e ajeitava a bagagem de mão que viera no banco de trás.

– O governo, como você diz, mandou investigar, sim. E aqui há o Instituto Chico Mendes, que luta pela conservação ambiental. Mas acontece que há poucos fiscais para muita área e parece que quem está por trás dessas invasões é mais poderoso do que se imaginava: dois fiscais foram atacados, e um outro fez relatórios negativos. Depois disso, o Ibama retirou seu pessoal, e a Polícia Federal está de olho: mas é preciso conseguir provas. Lourenço desconfia de corrupção na história. Pagaram o terceiro fiscal pra não dizer nada... Pode haver até parlamentares envolvidos.

Um arrepio passou pela espinha do garoto. Não admira que o pai não quisesse lhe contar!

– Eu sei quem foi o Chico Mendes. Ele morreu...

– Isso mesmo – Rodolfo concluiu, sério. – Um dos maiores ambientalistas brasileiros. Foi assassinado em 1988 porque ousou defender os povos da floresta e a preservação da Amazônia. Esse instituto leva o nome dele e tenta honrar seu legado.

O silêncio que os dois fizeram mostrou que ambos percebiam como a situação era séria.

– E a gente, pai? Você, o que você vai fazer exatamente?

Abrindo a porta do carro, o pai sorriu.

– Não vou fazer nada. Só vou olhar. Como o Lourenço sabia das minhas férias, pediu que eu averiguasse determinados lugares. Não tenho ligação com o Ibama, com a Polícia Federal ou com o governo. Meu registro profissional é de um funcionário burocrático, ninguém desconfia que sou engenheiro de minas com mestrado e doutorado em impacto ambiental. Estou de férias. Posso tirar fotos sem despertar suspeitas. As que forem "interessantes" serão mandadas, em sigilo, para Salvador.

– E eu? – perguntou Bruno.

– Você o quê?

– Por que me trouxe pro meio dessa bagunça?

O ar de Bruno demonstrava que estava adorando ver-se em meio à "bagunça". Quase uma história de 007, ou um filme tipo Missão Impossível! Rodolfo pensou que talvez finalmente recuperasse sua imagem frente ao filho, um tanto arranhada nos últimos anos.

– Bruno, eu não tenho sido o pai ideal, nós dois sabemos disso. Sua mãe e eu custamos para nos entender depois do divórcio. E, agora que as coisas estão mais calmas, podemos passar algum tempo juntos, não podemos? Além do que...

– Além do que, o pai divorciado viajando com o filho adolescente é uma boa camuflagem para um espião, não é?

Desceram do carro em silêncio, Rodolfo satisfeito com a cumplicidade que se estabelecera entre os dois – mas, no íntimo, não podia evitar uma ponta de preocupação.

"E se por acaso" – pensou – "essa 'espionagem' se tornar mais perigosa do que imaginamos? E se Bruno deixar escapar alguma coisa e acabarmos nos metendo com os garimpeiros clandestinos e seus chefes? Quando a corrupção vem lá de cima, tudo pode acontecer."

Tratou de esconder a preocupação, contudo. Bruno esperava por ele na calçada, olhando uma tabuleta que indicava o caminho para o bar de Mestre Ambrósio.

Mestre Ambrósio era filho de Lençóis. Havia nascido ali, nas Lavras Diamantinas, e sabia de muita coisa que tinha visto. Também sabia do que não tinha visto, pois seu pequeno bar, que funcionava como empório e posto de informações turísticas, tinha sido de seu bisavô, de seu avô, de seu pai, e todas as histórias locais das últimas décadas haviam sido discutidas naquelas mesas. Muitas delas aumentavam de tamanho a cada vez que eram contadas...

Rodolfo e Bruno entraram no bar e se aproximaram do balcão.

– Boa noite! – disse o pai, dirigindo-se a um velho com cara de contador de casos.

– Noite! *Antão*, quem é o distinto? – devolveu o homem, avaliando-os.

– Chegamos agorinha de Salvador. Meu nome é Rodolfo e este é meu filho Bruno. Queria saber se podia me indicar um bom hotel ou pousada. Não fiz reserva.

Limpando as mãos no avental, Ambrósio se apresentou:

– Meu nome é Ambrósio, mas o povo me chama de Mestre, *num* sabe? Tem hotel e pousada boa logo ali na esquina. Mas o moço *num qué* tomar alguma coisa antes? Tenho uma pinguinha *da hora* e um petisquinho pra sustentar.

– Pinguinha a essa hora não, mas vamos tomar um suco, pode ser?

– *Xente*, e por que não? Tenho mesmo um suco de umbu geladinho.

Ambrósio apanhou três copos, uma garrafa de suco e juntou-se a eles.

– O *dotô num* se importa se eu tomar um copo *mais ocês*? *Tá* um calor *da muléstia*.

– É bom mesmo – foi a resposta de Rodolfo. – O senhor deve conhecer tudo por aqui, podia nos indicar os lugares bonitos... É a primeira vez que visitamos a região.

– *Viero* de passeio? – perguntou o Mestre.

Bruno tomou a dianteira.

– É, como eu não conhecia a Bahia, meu pai resolveu me trazer. Já conheci Salvador, Feira de Santana e, na volta, se der, vamos parar em Ilhéus e em Porto Seguro.

Ambrósio pareceu aceitá-los como turistas comuns.

– Ih, *antão* vai gostar muito de Lençóis. Mais que de São Salvador e de Ilhéus. *Num* tem praia, mas tem lugar bonito de se ver e tirar retrato... – apontou para a máquina fotográfica digital pendurada ao ombro de Bruno.

O garoto não perdeu tempo.

– Verdade que aqui teve muito diamante? Estudei isso em História.

– Isso aqui? – disse Ambrósio, numa gargalhada sonora. – Isso foi uma terra tão rica, *num sabe, m'nino*, que *té* em moela de galinha tinha diamante escondido!

A meia hora que se seguiu foi recheada de histórias, casos escabrosos e reminiscências duvidosas relacionadas à tradição de Lençóis como terra do diamante.

Terminado o suco, Ambrósio deu a Rodolfo um folheto da pousada e lhe mostrou o caminho. De fato, era no mesmo quarteirão.

– Repare, dobre ali a esquina e logo se vê a placa, *num sabe*.

– Quanto é? – perguntou Rodolfo, sacando a carteira.

– Nada não, o suco serviu pra dar *boas-vinda*. Volte outra vez, aqui a gente também tem beiju de coco, cuscuz, bolinho de milho e de aipim – respondeu o Mestre, puxando Rodolfo para perto de si e cochichando. – E, *si* quiser casa de *mulé*, é só dizer, que eu ensino.

Rodolfo riu, despediu-se e seguiu com Bruno para o carro.

"Devo ter um sinal na testa que diz *divorciado*", pensou.

Em menos de dois minutos, paravam no pequeno estacionamento do hotel-pousada.

Agenor desceu o morro feito um autômato, passos vagarosos, enquanto a noite caía. Passara parte do dia meio adormecido e tivera de acionar muita força interior para impelir o corpo alquebrado e delirante rumo à caverna que enxergara. Sua voz ecoava pelo vale, contínua, febril.

Misturando sonho e realidade, começava a ver gente que não estava lá.

– É a Torrinha. A caverna Torrinha. *Num* vinha aqui *des* que era *m'nino*. Minha avó? Me leve lá dentro, *voinha*. Me leve.

O ancião delirava, mas a gruta era real e se ramificava sob as rochas e o solo. Ele atravessou a entrada estreita e foi se embrenhando pela escuridão da caverna. Apalpava as paredes viscosas e seus delírios aumentavam. Ele agora achava que apalpava o rosto da mãe, ou da avó.

– *Mainha*, como a senhora *inda tá bunita*! Me dê sua mão, *mainha*. *Voinha, pruquê num contô* que *mainha tava* aqui na Torrinha? Mas acho que sei, *num sabe*? A senhora e *mainha* querem ver se me livro *memo* da *maldiçoada*.

Em meio às ilusões causadas pela febre, o velho penetrava cada vez mais na escuridão da gruta estreita. Pensava ser a Torrinha, uma das maiores cavernas do Brasil, que fica próxima a Lençóis e é rica em estalactites. Nela, quando criança, Agenor havia passado horas alegres ao lado da mãe e da avó.

Mas o rosto feliz do velho, imerso em recordações, de repente se fez triste. Assim que atingiu um túnel mais amplo da gruta, novas visões vieram perturbar sua mente.

– Licinho?! Maria?! Que *ocês* tão fazendo aqui?

Instintivamente, apertou com as duas mãos um saquinho que levava pendurado ao pescoço.

– *Num* deixo. *Num* deixo, *de jeito e manera*. Respeite seu pai, meu fio! Respeite *mainha* e *voinha*, minha *fia*. *Num* insiste, por piedade. Já ouvi tanta coisa ruim de *ocê*, Licinho; que *vivemo* a vida toda na miséria, quando eu tinha uma fortuna comigo. Teu marido também me *culpô* disso, Maria. Mas não! Eu só fiz *livrá ocês* da maldição. Minha *mainha* sabe. É verdade, é verdade!

Apavorado, e julgando-se perseguido pelos filhos, o pobre e delirante velho começou a andar em círculos pela gruta escura, a mão colada ao pescoço.

– Não, Licinho. Nem *ocê* nem Maria vão me tirar isso à força. Levei tanto tempo pra *decidi* me *livrá* dela! A *tinhosa* vai é *voltá* pro lugar de onde nunca *havera de tê* saído: a terra.

Convicto de que havia despistado os fantasmas que o perseguiam, Agenor tateou o corredor enegrecido da caverna, buscando um caminho.

Quase despencou no chão ao dar com uma depressão, porém continuou andando.

Seus passos levantavam o pó que estava depositado ali havia décadas...

Quando, em 1844, garimpeiros encontraram diamantes no rio Mucugê, existiam já aventureiros que procuravam ouro na vasta chapada que se estendia entre as cidades do litoral e o rio São Francisco. Mas a notícia de que os diamantes de *fazenda fina* abundavam no cascalho dos rios baianos foi o que bastou para que milhares de pessoas viajassem para o sertão na esperança de *bamburrar,* enriquecer do dia para a noite com as pedras brutas encontradas no pedrisco das águas – pedras essas que escondiam, sob o aspecto rude, tesouros de brilho.

Gente de todo tipo acorreu à Chapada, logo chamada Diamantina. Cidades surgiram como em passes de mágica nos recantos onde o diamante compensava. Foi assim que, entre bateias e enxadas, desconfianças e mortes – na ponta das facas ou nos desabamentos – improvisavam-se acampamentos às margens dos rios. Contam os antigos que, vistas do alto da serra, as barracas improvisadas dos garimpeiros lembravam lençóis estendidos junto ao rio; uma tradição diz que daí veio o nome dado à cidade que seria, um dia, a Capital das Lavras.

Comerciantes de todo o mundo se instalaram em Lençóis, principalmente franceses. A influência francesa em certa época tornou-se tão grande que até analfabetos nativos da região cumprimentavam-se com um *comment allez-vous?*

Foi lá que nasceu Horácio de Matos, um dos mais importantes coronéis da história política da Bahia. Consta que ele chegou a lutar para transferir de Salvador para Lençóis a capital da província.

Eu vou contá u'a história
de causá assombração:
– É a história de Horácio
Nas lutas com Militão.
O cerco de Barra do Mendes
A fogueira no sertão.
A jagunçada caindo
Qui nem mangaba no chão...[1]

---

[1] Do cancioneiro popular das Lavras Diamantinas da Bahia.

Bruno fechou o folheto que encontrara na recepção do hotel. Ia comentar com o pai o que lera sobre o ciclo do diamante, mas Rodolfo estava fazendo o check-in com o recepcionista; e, por algum motivo, tinha o ar preocupado quando pegou a chave do quarto. O garoto resolveu deixar a conversa para depois; por menos que visse o pai nos últimos tempos, desde pequeno sabia ler em seu rosto as emoções que tentava esconder.

Tentou espantar aqueles pensamentos. Enquanto ambos se familiarizavam com o apartamento e abriam as malas, ele pensava no que aprendera nas aulas de História, e em como passado e presente pareciam se misturar naquela cidade.

Gostara de conhecer Salvador; também haviam passeado um pouco em Feira de Santana, onde fizeram um lanche a caminho dali. Lençóis, contudo, era uma cidade pequena e possuía uma atmosfera fascinante. Da janela, parecia mais calma que qualquer outro local que ele já conhecera. Segundo Mestre Ambrósio, aquela era uma terra mágica, cercada de rios, cachoeiras, grutas e... mistérios.

Escurecera bastante, mas o calor do dia ainda amornava o ar da noite.

– Vamos dar uma volta no centro? – o pai convidou, tentando esconder a preocupação. – Podemos escolher algum lugar gostoso pra jantar.

Bruno concordou e procurou na mala uma camiseta regata que combinava com sua fatídica bermuda xadrez.

– Por que essa cara de encrenca, pai? – perguntou, enquanto se vestia.

– Nada não. Vamos logo – foi a resposta que não convenceu o garoto.

Na verdade, ao chegar ao hotel, Rodolfo descobrira que Mestre Ambrósio telefonara para lá avisando da chegada de um hóspede, um "engenheiro". Poderia ser só uma gentileza... ou poderia ser um aviso de que seria *monitorado*. Não se lembrava de ter dito ao Mestre que era engenheiro!

Bruno não insistiu com o pai. Algo lhe dizia que o clima ali iria esquentar. E ele não pensava apenas na temperatura em graus centígrados.

**Lençóis, Bahia, nos dias de hoje.
Quinta-feira de manhã.**

CAPÍTULO III

Bruno acordou com o sol brilhando no espelho sobre a cômoda. Piscou, virou-se para o outro lado e viu o pai sentado à pequena mesa, no extremo do quarto, digitando algo no notebook. Tinha o ar preocupado e pensava muito antes de teclar cada palavra. O garoto não se mexeu. Ficou enrolado na colcha áspera, observando Rodolfo terminar o que escrevia. Ele havia plugado seu celular ao notebook, certamente estava descarregando as fotos que tirara no dia anterior.

Afinal, parecendo satisfeito, teclou algum comando e o programa fechou as caixas de diálogo. O garoto arregalou os olhos ao ver que a tela inicial do programa simulava um desses joguinhos comuns de palavras cruzadas.

Só então ele fungou, demonstrando estar acordado.

– Bom dia, pai – disse, bocejando. – Que que é isso?

Rodolfo sorriu, fechando de súbito o notebook e encarando o filho.

– Um jogo de computador, é claro. Bom para passar o tempo.

Bruno saltou da cama e foi para o banheiro do apartamento.

– Ah, tá. E a gente agora descarrega fotos de celular quando joga cruzadinhas. Pai, eu tenho computador em casa e tenho aula de informática no colégio. Conheço todas as técnicas de fechar as abas dos programas bem depressa quando o professor ou a mãe da gente chegam perto...

Rodolfo fechou a carranca.

– Como é que é? Vai me dizer que você anda entrando em sites adultos, e ainda na escola?

O rosto do garoto apareceu na porta do banheiro, a boca cheia de espuma de pasta de dente.

– *Tô* brincando, pai! Não *tô* nem aí pra sites pornôs, só criancinhas ainda gostam dessas bobagens. Agora, sério, pra que é que serve esse programa aí?

Sentindo-se o pai mais inexperiente do mundo, Rodolfo contou.

– É o que você está pensando, sim. Este software é uma linha de comunicação direta com o Lourenço, uma espécie de minibrowser que só aceita um único endereço IP de ida e um de volta.

Se ele pretendia confundir a cabeça do filho com essas informações, não deu certo. Aparentemente, o garoto aprendera sobre endereços IP antes de aprender a somar e multiplicar...

– Bem pensado – disse Bruno, voltando ao quarto e tirando o pijama. – Assim não dá pra rastrear, e se alguém entrar no seu sistema, não vai encontrar nada comprometedor nos browsers comuns. Pra sair da tela do joguinho você coloca um login e senha?

– Isso. Quando se clica em "novo jogo", abre-se uma tela de palavras cruzadas, aí eu digito um login na horizontal do meio e a senha na vertical, cruzados. E o programa abre a caixa de diálogo. Se digitarem outras palavras, o jogo funciona da maneira comum. Só eu, o Lourenço e a Bete sabemos os caracteres para entrar, mandar mensagens, baixar arquivos.

– Totalmente *nerd* isso, pai! Mas você já tinha material pra mandar? A gente chegou aqui anteontem.

– E já andamos bastante. Consegui algumas "imagens interessantes" e mandei algumas pro Lourenço. Está difícil, porque a conexão aqui é lenta e vive caindo. Mas foi um bom começo. Ainda não deletei as fotos, assim que tiver a confirmação de que o Lourenço recebeu, mando as que faltam e depois apago tudo.

O filho escolheu uma camiseta na mala e jogou o pijama longe.

– Como você pode ter visto essas tais imagens interessantes? A gente andou nos mesmos lugares que todo mundo anda! E eu não vi nada de errado.

Era verdade que o dia anterior fora cheio. Tinham conhecido vários pontos turísticos, visitado *canyons* e fotografado cachoeiras, misturando-se aos grupos de turistas que eram comuns por ali. Viram até alguns terrenos fora do parque, onde havia dragas e equipamento de mineração ostensivo; lá, porém, só se encontravam alguns gatos pingados. No entanto, os olhos treinados de Rodolfo eram acostumados ao trabalho de segurança em minas e sítios de extração dos mais diversos minérios; além disso, ele conhecia de cor os limites das áreas de preservação. Sabia o que procurar e onde procurar. Por isso, nem fotografara a mineração "oficial".

Mesmo assim, sua primeira leva de fotografias continha imagens que davam pistas claras de entradas clandestinas nos terrenos do Parque, para quem entendesse do assunto.

– Veja, filho – ele explicou –, passeamos junto com os turistas dos ônibus e seus guias, e isso foi uma ótima camuflagem. Consegui fotografar algumas cercas arrancadas em áreas do parque nacional, no caminho para a cachoeira do Mixila. E aquelas fotos que tiramos do alto do Morro do Castelo mostram pelo menos meia dúzia de áreas desmatadas recentemente. Além do que, em vários pontos do caminho, vimos grupos de homens que não pareciam fazer nada, a não ser esperar os ônibus de turismo passarem. Fotografei as chapas dos carros desses caras.

– Uau! – foi o comentário do garoto, enquanto calçava os tênis. – Eu também tirei fotos por onde a gente andou, mas não reparei em nada disso não. Aliás, o cartão da minha câmera já *tá* cheio, dá pra baixar os arquivos no seu notebook?

– Claro – o pai sorriu. – E isso vai ser ótimo, caso alguém venha fuçar aqui. Cadê a câmera?

Descarregaram as fotos numa pasta do computador e foram tomar o café da manhã, afinal. Rodolfo estava satisfeito: pensava que naquela *aventura* ele ganharia de vez o respeito do filho, que um dia julgara perdido.

Bruno deu uma olhada pela janela para conferir a beleza do dia antes de saírem. E fechou as sobrancelhas, como se algo chamasse sua atenção.

– Pai.

– Hum? – Rodolfo desligava o notebook e não notou a alteração na voz do filho.

– Aquele sujeito *tá* ali de novo.

Num segundo, o pai estava atrás da cortina olhando na mesma direção que o garoto.

Um homem moreno, com um bigode maltratado e chapéu castigado pelo tempo estava acocorado na calçada em frente. Não olhava diretamente para o hotel; mas não parecia perder nada do que se passava na rua. As mãos, grosseiras, brincavam com uma faquinha escura e afiada.

– É o mesmo homem de ontem – disse Bruno. – Eu me lembro bem dele rondando o *canyon* quando a gente foi com aquele grupo de Salvador ver as formações geológicas. E ontem, assim que voltamos do restaurante, ele estava bem do lado da porta do hotel.

Rodolfo não respondeu. O filho estava certo; vira já o mesmo homem em outras oportunidades: bebendo no bar de Mestre Ambrósio e parado no canto da farmácia onde entrara para comprar aspirinas.

– Deve ser coincidência, filho – mentiu. – Vamos tomar café.

No entanto, ele e o garoto trocaram um olhar de cautela, ao deixarem o quarto. Rodolfo deu duas voltas na chave e guardou-a na carteira. Hesitou por um instante e então estendeu para o filho um mapa da região, onde fizera algumas marcas com caneta azul.

– Coloque isto no seu bolso – disse, tentando mostrar ânimo. – Que tal um programa diferente depois do café? Tínhamos falado em ir ao rio Mucugê, mas agora me deu vontade de ir a Itaberaba. Lá deve haver uma loja de autopeças das grandes, onde eu encontre uma correia sobressalente pro carro. Acabo de descobrir que a que eu trouxe de reserva está estourada.

Os olhos de Bruno brilharam ao guardar o mapa no bolso interno da camisa xadrez que colocara sobre a camiseta branca, junto com o celular.

– E lá deve ter também algum cybercafé com conexão mais rápida, não é? De onde a gente possa enviar as fotos que você ainda não conseguiu mandar.

O pai concordou com um gesto de cabeça. Depois acrescentou:

– Mas vou deixar o notebook aqui. Vamos fazer umas transferências de arquivos e usar o seu celular, não o meu. Tenho um endereço alternativo da Bete. Agora vamos logo, que teremos de pegar uns 130 quilômetros de estrada!

Tomaram o café e, ao saírem do hotel, deram uma passada no bar de Ambrósio, onde compraram duas porções de bolinhos de aipim para o caminho. Rodolfo se demorou de propósito, conversando com o Mestre sobre carburadores, velas e correias de carro, informando-se sobre lojas de autopeças existentes ali e nas cidades próximas.

Assim que entraram no carro, Bruno percebeu com o rabo dos olhos o homem do bigode trocar algumas palavras com um bêbado que dormia no degrau da entrada. Por todo o caminho da rua principal, enquanto o carro não dobrou a esquina em direção à saída da cidade, os olhos do bêbado seguiram fixamente o carro cinza metálico.

O garoto podia jurar que vira o sujeito pegar um celular no bolso e começar a falar. Engoliu em seco, invadido por uma desconhecida sensação de medo. Agora tinha certeza de que ele e o pai estavam sendo vigiados.

Fios de raios de sol entravam por uma fresta nas pedras da caverna. Amanhecia.

O velho Agenor já não sabia há quanto tempo estava enfiado nas entranhas da terra. Cheio de fadiga, o corpo entregue à febre, a mente ao delírio, passara ali a noite, mais desmaiado que adormecido. Seus olhos esgazeados olharam ao redor, procurando água. Tinha sede. Tinha fome. Suas mãos buscaram algo de comer nos bolsos da calça; encontrou migalhas de pão e restos dos biscoitos que haviam sido seu jantar no dia anterior. Tão fraco estava, que mal conseguia mastigar.

– *Num* posso *desanimá* – balbuciou. – Nem me *aperreá*. *Num* tem *sezão* neste mundo que me derrube, antes de eu me *livrá* da *maldiçoada*.

Com dificuldade, Agenor conseguiu se levantar e continuou caminhando sem rumo.

Um ruído o fez parar. Sorriu, ao reconhecer o que ouvia. Era água. Um filete de água escorria por uma das pedras da parede.

– Deus seja louvado!

Feliz, o ancião bebeu bastante. A água era fresca e límpida. Aos poucos, seu semblante se desanuviou.

– Ali, naquela curva do caminho, há de *sê o mió* lugar pra *mor* de eu me *livrá* dela – ele voltou a murmurar, sentindo-se renovado.

Continuou caminhando, acompanhando o túnel que se estreitava, mas que ao menos agora podia enxergar, com a claridade que entrava pelas frestas. Mas sua alegria durou pouco: o que divisou, após a curva do caminho, foi a entrada da caverna. Era o mesmo local por onde entrara.

Tinha andado em círculos novamente.

– Só pode *sê* coisa do tinhoso! Praga de Licinho, de Maria e de meu genro, que *num* querem que eu me livre dela!

Furioso, ele deu meia volta. Andou alguns metros e começou a esmurrar as paredes de pedra. Foi com as mãos feridas que Agenor retornou pelo caminho de onde viera.

– Eu hei de *encontrá* um buraco de jeito. *Num vô* sair, *mainha*. Confia em teu *Agenô*, que ele vai *encontrá* o caminho pro fundo da terra.

A noite se aproximava quando voltaram a Lençóis. Rodolfo reduziu a marcha e entrou no posto de gasolina que ficava na entrada da cidade.

– Com essa emoção toda, esqueci de abastecer. Quase que a gente não chega!

Bruno desceu do carro e repassou mentalmente as atividades do dia, enquanto o pai verificava o óleo do carro e mostrava ao frentista a correia e mais um jogo de velas recém-comprados em Itaberaba. Sorria ao pensar nas peripécias dos dois, passeando por cybercafés e mandando e-mails com anexos, via celular, como se fossem agentes secretos enviando microfilmes. O pai fotografara o tal mapa com marcações, depois rasgara em mil pedacinhos e os jogara, aos poucos, em diferentes latões de lixo. Haviam almoçado em Itaberaba, passeado pelos arredores e deletado as fotos "interessantes" dos dois celulares. À tarde encontraram uma agência de correio de onde enviaram cartões postais para casa.

O pai ainda conversava com o frentista no posto, e o garoto foi dar umas voltas na calçada em frente; e então quase esbarrou "nela".

Era uma mulher aparentando uns quarenta anos, idade avançada para os dezesseis de Bruno, e suas roupas rústicas não teriam chamado a atenção do garoto, não fosse pelo estranho perfume que emanava dela. Bruno virou-se sem querer, atraído pelo perfume e por algo mais.

Sob as luzes da rua, que já se acendiam, viu-a parar em frente a uma casa de muro baixo e recolher um galho do arbusto que cobria quase todo o murinho. Notou com clareza seu rosto, emoldurado pelos cabelos desfeitos, e ouviu-a dizer baixinho:

– *Agrimônia*, era isso que me faltava. Ótimo.

Ficou parado na calçada até ver a mulher sumir no fim da rua. E a buzina do carro do pai o pegou de surpresa.

Pensamentos desencontrados varriam sua cabeça: a saia desbotada da mulher e os cabelos meio embaraçados, contrastavam com a voz clara, sem sotaque, e o perfume – que o fazia insistentemente relembrar o rosto de Mônica.

– Que foi, campeão, passando mal?

Rodolfo saíra do posto e parara o carro a seu lado, abrindo a porta. Bruno entrou.

– Não foi nada, eu só estava distraído.

– Eu percebi, só achei a moça em questão um pouco velha para você...

O tom era de brincadeira, mas Bruno não gostou. Emudeceu, guardando no fundo as estranhas sensações que o invadiam. Havia alguma coisa errada com aquela mulher. Descalça, tinha os cabelos desgrenhados e as roupas desbotadas, mas o perfume a denunciava.

Com um esforço de memória, ele se lembrou: essência de verbena. O mesmo aroma do perfume que Mônica ganhara da Pat em seu aniversário. Importado. Caríssimo, como todos os presentes que a esnobe da Pat dava. Ele se acostumara a reconhecer a presença de Mônica pelo aroma. E aquela estranha maltrapilha usava o mesmo perfume?!

O que seria "agrimônia"? Agrimônia... Mônia... Mônica. Algo mais na mulher lhe lembrava a namorada, mas Bruno não conseguia definir o que era. E, um tanto irritado consigo mesmo, decidiu que não queria definir nada.

– Posso saber o que aconteceu?

Só então ele percebeu que Rodolfo estacionara o carro no hotel-pousada já há algum tempo.

Sua irritação cresceu, derramando-se agora sobre o pai.

– Nada, que droga. *Tô* com dor de cabeça, só quero tomar banho e comer alguma coisa.

"Adolescentes..." – pensou Rodolfo ao abrir a porta do quarto do hotel e dar espaço para que o filho entrasse. Precisava se acostumar novamente com os altos e baixos do humor do filho. Somente então deu-se conta de que algo não estava certo por ali. Demorou alguns momentos para perceber o que era, e precisou sentar-se quando a certeza o atingiu.

Podia jurar que, ao abrir a porta, a chave dera apenas uma volta. E ele sabia perfeitamente que, ao sair, dera duas voltas completas.

Era noite em Lençóis. A lua começava a brilhar no céu sem nuvens.

O bar de Mestre Ambrósio fervia de fregueses, atraídos pelos deliciosos quitutes e o costumeiro bate-papo.

Em um canto escuro do bar, onde não se fazia notar, um vulto de homem bebericava. Era magro, e o terno de linho branco que usava parecia grande demais. Pouco tempo depois, dois jagunços, fortes e mal-encarados, entraram, dirigindo-se ao mesmo canto.

– Fale *cum* ele, *home*! – um dos sujeitos cochichou ao companheiro.

– Boas-noites, *dotô*! – o outro saudou o homem, tirando o chapéu em sinal de respeito.

O vulto nas sombras olhou os dois jagunços com desconfiança.

– Então... A encomenda foi entregue?

– Pois imagina se não foi! – o mesmo jagunço que dissera boa-noite confirmou, abrindo um sorriso e exibindo, orgulhoso, um dente de ouro. – Seu "amigo" de São Salvador entregou direitinho o "pacote" pro Bira.

Recebendo uma cotovelada do outro, o que se chamava Bira pegou, num saco que levava a tiracolo, um embrulho em papel pardo e entregou ao tal *dotô*.

Ele apalpou o pacote e guardou dentro da camisa, abrindo um largo sorriso.

– Contaram?

– É claro. E eu e Bira *num fazemo* sempre o serviço bem feito?

– Muito bem, Derino. E sobre o quarto de *ocês sabe quem?* Encontraram alguma coisa?

O jagunço, interessado em mostrar-se íntimo, aproximou-se, cochichando em seu ouvido:

– Ele tem um *computadô* novinho.

O patrão, irritado, afastou-o de si com um gesto.

– E o que mais? Desembuche, Derino!

– Pois *intão*, o senhor sabe que meu primo entende bem *desses tal* de notebook. Ele disse que naquele *num* tinha nada de mais. Os *programa* de sempre, dois *jogo* que deve ser do garoto, e um montão de fotografia. De São Salvador, de Feira de Santana e daqui *memo* da Chapada.

– Que jeito de fotografia, *home?*

– Nada de mais, não. Sabe essas foto que turista tira? De árvore, de rio e do diabo a quatro.

O homem pareceu satisfeito.

– Olhe que daqui três dias tem nova remessa. Olho vivo, *num* sabe? A gente *num* precisa de encrenca.

– Vai *tê* encrenca não, *dotô* – assegurou o tímido Bira.

– Certo. Mas se *acontecê* alguma coisa, *ocês* já sabem o que *fazê, né não?*

– *Cum* certeza – afiançou Derino, batendo num dos bolsos da camisa, que escondia um volume metálico pequeno, mas suspeito.

– Então vão indo. Continuem de olho. Se souberem de mais alguém com cara suspeita chegando na cidade, mandem avisar. E boca fechada.

O mandachuva os despediu com um gesto e os dois jagunços se esgueiraram para fora do bar, deixando-o sozinho no canto escuro. Um aparelho de som começava a tocar música alegre e dançante; ninguém no lugar deu atenção à saída dos dois.

O *dotô* terminou sua bebida e, discretamente, abriu uma parte do pacote que havia recebido.

– Se *continuá* desse jeito, bamburro antes de que pensava – resmungou, achando graça na própria piada.

Sabia perfeitamente que não precisava bamburrar: já era suficientemente rico. E ninguém por ali tinha ciência disso. Ou quase ninguém.

No fundo do bar, limpando o balcão com o mesmo trapo sujo de sempre, Mestre Ambrósio riu consigo mesmo.

– Acho que a gente deve começar a pensar em ir embora.

As palavras de Rodolfo, sobre a sopeira, acordaram Bruno, que quase dormia em cima do prato de sopa. Como estavam cansados, haviam pedido um jantar tardio no próprio restaurante da pousada, e nada soaria mais surpreendente para o garoto que ouvir falar em retirada.

– Mas já? – respondeu ele, brincando com a colher. – A gente ainda tem uns dias.

Rodolfo pigarreou e se preparou para mentir, achando que Bruno não ia engolir mais aquela.

– Pensei em visitar as formações rochosas do vale, amanhã, e em viajarmos depois de amanhã bem cedo. Podemos passar dois dias em Porto Seguro e voltar de lá, em vez de irmos até Salvador.

O garoto escolheu cuidadosamente as palavras.

– E a... a "encomenda" do tio Lourenço? Não vimos muita coisa de jeito, ainda, pra levar de presente pra ele.

Rodolfo deu um sorriso forçado.

– Eu sei que a Chapada é enorme, mas já conhecemos as principais atrações turísticas de Lençóis. Se atrasarmos demais a viagem, sua mãe vai se preocupar.

O filho começou a arrumar desculpas.

– *Tô* pensando em mandar outros cartões postais, amanhã. Posso mandar um pra ela dizendo que a gente vai demorar uns dias a mais!

Rodolfo habilmente mudou de assunto; conhecia todas as técnicas para evitar tópicos perigosos nas conversas.

– Para quem mais você vai mandar cartão postal? Aquela garota do colégio, de quem me falou?

Mônica. Sim, Bruno pensara em mandar outro cartão para Mônica, além dos que já enviara em Salvador e em Itaberaba. Os da capital ela agradecera num torpedo pelo celular, que tinha feito o garoto suspirar de saudades da namorada. Pensando em trocar mensagens com ela de novo antes de dormir, ele deixou o pai se desviar do assunto.

Voltariam a ele mais tarde.

– Tudo bem, pai, a gente pode ir ver as tais rochas amanhã, mas depois resolvemos sobre a volta. Tem de pegar trilha? Ou dá pra ir de carro?

– Até certo trecho vamos de carro. Depois seguiremos a pé. Mestre Ambrósio ficou de me ensinar direitinho como chegar lá. Mas é bom irmos cedo, o sol amanhã vai ferver.

Lençóis, Bahia, nos dias de hoje.
Sexta-feira de manhã.

CAPÍTULO

IV

Na manhã clara, não havia sinal de mistérios na Chapada Diamantina. Pai e filho andaram até o bar de Ambrósio, o pai procurando vestígios do bigodudo da véspera, e o filho caçando um resto de perfume de verbena pela rua.

– Ah, a gente do Sul gosta muito desse passeio – foi o comentário do Mestre, enquanto embalava alguns bolinhos para viagem. – Dá pra tirar retrato bonito de fazer gosto! Seu Rodolfo, pega ali a estradinha e anda até a bifurcação, daí torce *pras esquerda* e segue *pra riba* até...

Dirigindo nas estradinhas, ocupado em seguir à risca as indicações, Rodolfo não dizia nada até que Bruno, deliciando-se com os quitutes do Mestre, quebrou o silêncio.

– Teve alguém fuçando no nosso quarto ontem, pai.

O carro deu um solavanco, talvez causado por um susto do motorista, talvez apenas resultado de um dos inúmeros buracos do caminho.

– Por que diz isso? – o pai conseguiu falar, afinal.

– Eu tenho colocado um fio de cabelo todo dia na gaveta, no alto da minha pilha de camisetas. Vi isso num filme. Ontem à noite, pela primeira vez, o fio não *tava* lá quando eu fui olhar.

– E por que não me disse antes? – estranhou Rodolfo. Depois lembrou-se do mau-humor do filho e de que ele também se calara sobre as duas voltas da chave.

– Sei lá, *tava* chateado. Mas tem alguém de olho na gente, pai. Aquele cara do bigode *tá* na nossa cola, tenho certeza.

– Não sumiu nada, eu verifiquei – foi a resposta cautelosa do pai. – Acho que nós dois vimos filmes de espionagem demais, filho. Não somos agentes secretos, sabia?

Para sua surpresa, foi um sorridente Bruno que respondeu.

– Se não *tá* acontecendo nada, por que você foi verificar se tinha sumido alguma coisa? Também percebeu que alguém mexeu lá, não foi?

Rodolfo teve que admitir o caso da chave.

– Então, pai! Não é imaginação da gente. Os caras podem ter percebido que nós viemos espionar o tal garimpo ilegal! Todas as trilhas que você fotografou, as áreas desmatadas que você viu no dia da excursão... Mas como eles podem ter descoberto?

– Não descobriram, pode acreditar. No máximo o Mestre Ambrósio desconfiou e falou para algum graúdo da região; afinal, ele telefonou para a pousada assim que a gente chegou, dizendo que eu era engenheiro... eu desmenti, coloquei na ficha que sou contador.

Bruno quase engasgou com o bolinho de aipim que estava mastigando.

– Contador?!

– É o que consta na minha carteira de trabalho... De qualquer forma, é motivo suficiente para irmos embora amanhã. Já mandei algumas evidências para o Lourenço, ele vai ficar satisfeito.

– Podemos procurar mais provas. A gente não viu, de verdade, nenhum garimpeiro cavoucando por aí. Será mesmo que o Mestre desconfia da gente? Ele fala mais que a boca, o homem gosta mesmo de contar casos!

– Mestre Ambrósio fala muita coisa. Mas o interessante é o que ele *não fala*.

– Como assim, pai?

Rodolfo tomou fôlego.

– Bruno, ele contou a história de quase todo mundo que mora aqui. Falou da riqueza do passado, dos poucos que ainda garimpam, das empresas que trouxeram as dragas. Segundo ele, não existem mais jazidas grandes em Lençóis, o diamante está acabando. O que é mentira.

– Mas como?...

– Escute. Li todos os relatórios do Ibama em Salvador. O que se sabe é que ainda há diamante por aqui, mas a tal profundidade do custo da exploração de uma lavra ficaria acima do lucro com as pedras. Mesmo assim, as empresas de alguns poderosos locais arriscam capital em dragas e fazem sua exploração legalmente – pelo menos na fachada.

– Quer dizer que eles fazem de conta que não estão achando nada, mas na verdade...

– Na verdade existe muita exploração camuflada, e pode crer que estão invadindo os terrenos do Parque Nacional. Para isso, usa-se a arraia miúda. Retirantes, gente que busca outra vida. É só um espertinho botar as ferramentas na mão desses desavisados que eles saem por aí cavando a torto e a direito sem saber que o terreno é proibido ou que correm risco de morte por trabalhar sem segurança.

– E o espertinho de que você fala...

– São as pessoas de quem Ambrósio não fala. Criadores de gado, doutores e comendadores, gente que tem dinheiro e prestígio, ligações com o poder. Esses ilustres cidadãos não são citados pelo nosso amigo contador de histórias... Eles não aparecem, mas ficam com o lucro.

– Já entendi – Bruno concluiu. – E o Mestre tem culpa no cartório, também.

– Ele deve lucrar vendendo informações e fornecendo material de garimpo a esses infelizes que arriscam a vida. Aposto que trabalha como informante e testa de ferro para os graúdos.

Um longo suspiro foi o comentário de Bruno.

– E o que a gente vai fazer, pai?

Rodolfo reduziu a marcha e estacionou o carro junto a uma espécie de empório que parecia ser a única marca de civilização à frente.

– Nada. Fizemos o possível. Acho que aquelas fotos são suficientes para a Polícia Federal pelo menos abrir uma investigação. Os pontos de onde as cercas do parque foram retiradas, picadas camufladas com galhos secos. As trilhas clandestinas que o guia turístico fingiu não ver, lembra? Eu entrei por várias delas e vi pegadas ocultas no mato. Além das placas dos carros na estrada...

Bruno vira as últimas fotografias no celular do pai antes que ele apagasse os arquivos.

— E teve aqueles trechos desmatados do parque que você viu, do alto do morro.

— Está ficando especialista, hein, filho? – Rodolfo sorriu. — Também já enviei aquelas fotos. Com tudo isso, o Lourenço pode engrossar o dossiê para a PF. E nós vamos sair daqui antes de nos metermos em encrencas... Concorda?

O garoto assentiu com a cabeça, embora contrariado. Rodolfo fez uma curva na estrada e diminuiu a marcha; havia um bar pouco mais à frente.

— Então, hoje vamos fazer nosso passeio e amanhã vamos embora. Tem um boteco ali, podemos parar lá e comprar água mineral. Você carregou a bateria da máquina?

— Carreguei. E você?

Trancando o carro e jogando a pequena mochila nas costas, Rodolfo fingiu surpresa.

— Eu? Eu nem trouxe máquina fotográfica...

Horas se passaram e ele nem viu. Mas, de repente, o trôpego ancião acordou.

– Valha-me, meu Pai Santo! O que é isso em minha cabeça? – ele se perguntou, apalpando os cabelos brancos úmidos. As mãos vieram empapadas de vermelho: era sangue.

A coragem de Agenor pareceu arrefecer. Olhou para o alto, percebendo rachaduras na caverna.

– *Durmi* por causa da *sezão*. Alguma coisa *disabô* lá de cima na minha cabeça e eu caí sem sentido. Ai, minha mãe! Ai, *voinha*! Sei *qui* devo de *continuá* com meu intento... Mas e se a caverna *disabá intera*? *Tô cum* medo desse lugar.

Atordoado e fraco, o pobre homem voltou novamente os olhos cansados para o topo da caverna; bem quando um fio de areia se desprendeu, embaçando sua visão. Instintivamente, Agenor cobriu os olhos com as mãos.

– *Mi aprotege*, minha vó.

Olhos velados, ele não foi capaz de ver a fenda que se abria, cada vez mais, na rocha.

– Que *baruio* seco foi esse?

E Agenor estremeceu ao ouvir um ruído ameaçador, que lhe pareceu o ronco de um furacão preso no fundo da terra.

O dia realmente ferveu. Muita gente, além de Bruno e Rodolfo, havia escolhido a região das formações rochosas para passear. Dois ônibus de turismo despejaram seus passageiros no local onde o carro ficara estacionado. Mas os grupos de visitantes passavam rapidamente com os guias turísticos e logo voltavam para seus veículos. À tarde, parecia que pai e filho eram os únicos seres vivos naquela parte do mundo.

– Cansado, Bruno?

– Um pouco. Muito calor, queria tomar um banho.

– Aguenta esta trilha? Quero dar uma olhada do lado de lá do morro.

– Vamos nessa.

Havia várias rochas altas com fendas e grutas por ali, nenhuma delas muito profunda. As maiores mostravam vestígios da passagem dos turistas: latas de refrigerante e embalagens coloridas por toda parte. Mas Rodolfo se aventurou numa trilha que parecia contornar o grupo maior de pedras altas e sair num pequeno vale. A descida não foi fácil; quando chegaram ao que parecia o fim da trilha, perceberam que estavam ocultos da estrada principal pelo mato crescido.

– Que barulho é esse, pai?

– Água correndo. Deve haver um rio por perto. Venha por aqui.

Uma última virada depois de uma grande rocha e Bruno teve de segurar o fôlego, tamanha foi a surpresa. À sua frente, um vale descia até o que parecia o leito de um rio, margeado por vegetação mais escura, ao longe. À direita, outro grupo de pedras, desta vez sem vestígios de turistas, ostentava várias entradas escuras. E além, na direção do horizonte, podiam ver o brilho de uma das cachoeiras que haviam visitado dias antes.

Apenas o som do vento soprando e o rumor da água quebravam o silêncio. Desceram. Junto ao riacho, Rodolfo lavou as mãos e o rosto suado, fazendo sinal a Bruno para que o imitasse.

– Que lugar! – foi só o que o garoto pôde dizer, enxugando o rosto na camiseta.

– Valeu a pena andar tudo aquilo, hein? O pessoal do ônibus não sabe o que perdeu...

Sentaram-se, apreciando a paisagem e comendo os últimos bolinhos que Bruno trouxera na mochila. Subitamente o vento pareceu mudar e chamar a atenção deles para um canto do vale.

– Tem alguém ali, quem será?

Bruno soube a resposta à pergunta do pai mesmo antes de voltar-se para a direção indicada. O vento carregara, numa golfada quente, o insistente perfume da essência de verbena.

– É aquela mulher que passou na rua ontem, perto do posto.

Rodolfo avaliou a estranha pelas roupas.

– Uma curandeira catando ervas. Toda cidadezinha tem as suas – então percebeu o olhar sério do filho e brincou um pouco. – Talvez seja uma bruxa pegando raízes pra misturar com cabeça de sapo e pena de urubu e fazer sopa envenenada.

– Pode ser – respondeu o garoto. – Mas ela não tem sotaque baiano e usa perfume importado. Estranho, não é?

– Mestre Ambrósio deve saber quem é ela. Na volta a gente pergunta.

Foi então que ouviram o grito. E um som abafado, profundo, que pareceu estremecer a terra onde seus pés se apoiavam. Bruno gaguejou.

– Qu-que foi que...

Rodolfo apanhara a mochila e se precipitara pelo vale, na direção das rochas. De uma das entradas escuras saía uma poeira suspeita. Quando Bruno o alcançou, parado frente à entrada, o pai avaliava a situação.

– Foi um desabamento na gruta. Algum coitado atrás de diamantes, aposto. Pode estar vivo!

– *Cê* não vai entrar aí, pai!

– Cadê a lanterna?

– Na mochila, mas *cê* não vai entrar não! Se a caverna acabar de despencar...

Um gemido vindo não muito longe da entrada os alcançou. Rodolfo testou a lanterna e jogou a mochila nas mãos do filho.

– Não saia daqui! Eu já volto.

O facho do farolete mostrou a Bruno um caos de pedras caídas e poeira suspensa. Num canto, alguma coisa se mexia. Para lá a lanterna se dirigiu, e logo mais o pai emergia à luz do dia, carregando um homem ferido.

– Me ajude aqui, filho...

O garoto engoliu em seco, tentando vencer a repugnância pelo sangue que aparecia nos ferimentos, misturado à poeira e às pedrinhas trituradas. Já ia obedecendo e suspendendo as pernas do homem, quando uma voz soou às suas costas, reverberando por dentro da gruta.

– Deixe que eu ajudo.

Verbena. O perfume se sobressaía mesmo em meio a todo aquele pó.

Depositaram o corpo magro no chão, sobre a relva. Viram que era um velho e que quase não conseguia respirar. A mulher debruçou-se sobre ele, abriu-lhe a camisa e avaliou a situação com ar de especialista.

O ferido entreabriu os olhos. Agarrava com toda a força uma bolsinha de couro que lhe pendia do pescoço. Começou a falar com dificuldade, sem se dirigir a ninguém em especial.

– *Num* me leve não. Me deixe morrer aqui. *Num* me leve não...

– Quanto menos mexermos com ele, melhor – disse a mulher, que de fato não tinha na fala o musical sotaque nordestino. – Vamos improvisar uma maca para carregá-lo até minha casa.

Rodolfo pareceu irritado.

– Vamos colocá-lo no carro e levá-lo a um hospital, na cidade. Ele está muito ferido.

– Não me leve pra cidade não, preciso morrer logo... logo... Me deixe morrer aqui! – repetia o velho, cada vez com mais dificuldade.

Bruno percebeu que a estranha esmagara algum tipo de erva na mão e agora deixava que o ferido sentisse o cheiro. Em alguns segundos, sua respiração se acalmou e ele pareceu adormecer. Somente então a mulher se levantou e disse, totalmente segura de si:

– Ele morre no meio da subida do morro se tiver uma hemorragia. Minha casa fica ali no vale, perto do rio. O caminho é tranquilo, e nós três damos conta.

– Mas num hospital...

Ela já desvestia um casaco que usava, planejando usá-lo como fundo em uma maca improvisada.

– Muito longe. Ele não aguenta a viagem nem até seu carro, quanto mais até a cidade. Vai me ajudar ou eu e o menino vamos ter de fazer tudo sozinhos?

Pela primeira vez na vida, Bruno viu seu pai fechar a boca e obedecer. Que diferença de quando estava casado com Suely e discutia com ela o tempo todo...

Pai e filho cortaram galhos e improvisaram uma maca, seguindo as instruções precisas da estranha. Colocaram o velho deitado sobre o agasalho dela, formando uma espécie de padiola, e o carregaram. Não foi fácil não sacolejar nos acidentes do caminho, porém, em poucos minutos, aproximaram-se de uma casa quase que totalmente escondida junto às margens do rio.

Feita de pau a pique caiado, o teto de sapé, parecia o casebre de um camponês miserável. O interior, porém, era arejado e limpo, recendendo a vários cheiros que Bruno julgou familiares.

Rodolfo ajeitou o homem sobre a cama bem feita e macia, somente então passando os olhos ao redor. A mulher já esquentava água num fogãozinho a gás, colocado ao fundo do único cômodo.

Pendiam do teto dezenas de amarrados de ervas e raízes; era de lá que vinham os cheiros. Bruno não resistiu e cochichou com o pai:

– Só falta o caldeirão da bruxa...

Um gemido demonstrou que o ferido acordara. A dona da casa aproximou-se, trazendo uma vasilha com água fervente, onde misturara alguma coisa de cheiro desagradável.

Rodolfo a ajudou, tirando a camisa do homem enquanto ela limpava os ferimentos externos.

– Você é médica? – ele perguntou, ao ver a perícia com que ela trabalhava.

– Pode me chamar de Cora. – foi a resposta.

À noitinha, o ferido acordou.

– Hum... – resmungou.

– O que foi? – perguntou Cora – Diga onde tem dor.

– Tem dor não – mentiu o velho, a voz muito fraca.
– Preciso ir *m'embora*...

Bruno e o pai se aproximaram. Haviam permanecido na casinha, observando a misteriosa Cora a cuidar do velho. Rodolfo se apresentara, mas ela quase não conversara com eles. Agora, à luz do lampião, o ferido fitou-os e parou os olhos em Bruno.

– Vamos levar o senhor pro hospital – Rodolfo propôs. – Quer que a gente avise sua família?

O medo se tornou óbvio no olhar do velho. A mão machucada procurou o saquinho de couro, que Cora não tocara, preso ao pescoço.

– Quero não, moço. Me deixe só ir *m'embora*... *num* careço de hospital. Olhe, *m'nino*, *num* deixe me entregarem!

Cora chegou junto à cama com uma xícara de chá quente. Sorriu para o velho.

– Tem perigo não. Eles são só turistas, não vão entregar o senhor. Agora tome um chá e depois vamos descansar... Minha casa é bem segura, ninguém nunca vem aqui. Tome.

Ela tentou dar o chá ao ferido, mas ele insistiu em pegar sozinho a xícara, com as mãos trêmulas. Rodolfo e Bruno, atendendo ao olhar dela, saíram da casa para um pequeno alpendre em frente à porta. Bruno foi remexer na mochila que tinha deixado ali.

– Ela é estranha, não é, pai? – cochichou. – E por que será que o homem tem tanto medo?

Rodolfo não respondeu. Acenou para a mulher, que deixou o velho às voltas com o chá e saiu, fechando a porta. Ao dirigir-se ao pai, já não parecia tão zangada quanto antes, o garoto notou.

– Desculpem a má hospedagem – disse, esboçando um meio sorriso. – Estava preocupada com ele.

– Então me deixe levar o coitado para um hospital. Pode precisar de mais cuidados, aí uma ambulância o transporta até uma cidade maior. Se ele morrer aqui, vai ser um problema...

– Já fechei os olhos de muito moribundo, se quer saber. E depois, moço, o problema é meu. Não percebeu que o homem tem medo de ser descoberto? Aquela caverna fica na área de proteção ambiental. Se acharem que ele estava garimpando lá, pode até ser preso.

Bruno se intrometeu na conversa.

– Imagina se vão prender um velho todo machucado! Pois se não prendem tanto garimpeiro clandestino que tem por aí...

Um olhar do pai fez Bruno calar-se, lembrando que para todos os efeitos, eles eram apenas turistas. O quase-sorriso de Cora havia desaparecido e ela voltara a ser rude.

– Acho melhor vocês voltarem para seu hotel e esquecerem tudo o que viram aqui.

– É uma ordem? – foi o comentário irônico de Rodolfo. – Sabe, parece que você também tem medo das autoridades. Pelo que eu sei, sua casa fica dentro dos limites do Parque.

– Mas não se preocupe, eu tenho a escritura. Essa terra pertence à minha família desde o tempo do diamante! E eu não faço nada ilegal, só cato minhas ervas e crio galinhas, o que não é crime. Para falar a verdade, neste fim de mundo muito pouca coisa é crime, seu moço.

– Já me apresentei, o meu nome é Rodolfo.

– Pois então, seu Rodolfo, se fuçar minha vida vai descobrir que no máximo pode me acusar de bruxaria... O povo daqui acredita que eu sei fazer poções mágicas. Mas gente do sul não acredita nessas coisas, não é? Agora, se me dão licença, vou botar o velho para dormir.

Ela já ia lhes dando as costas e entrando na casa. Rodolfo segurou-a pelo braço.

– Tudo bem, não precisa se zangar. Vamos combinar o seguinte: amanhã nós voltamos para ver como está o homem. Não vamos dizer nada sobre isso na cidade. Mas se ele piorar...

Cora olhou-o bem nos olhos.

– Claro que vai piorar. Ele vai morrer, não percebeu? Tem no máximo dois ou três dias de vida. Que adianta levar o pobre pra cidade e envolver a polícia no caso? Aqui pelo menos ele pode se sentir seguro e sem dor.

Rodolfo suspirou e soltou o braço dela.

– Como quiser. Mas nós vamos voltar amanhã, se não se importa.

Ela voltou a sorrir levemente.

– Minha casa não tem chave, está sempre destrancada – foi só o que disse antes de entrar e fechar a porta.

O perfume de verbena desapareceu com ela.

– Vamos, pai – resmungou Bruno, já colocando a mochila às costas.

Rodolfo seguiu à frente, iluminando a trilha com a lanterna, sem olhar nenhuma vez para a casa semi-oculta entre a mata. Contra sua vontade, sentia-se fortemente atraído por aquela mulher estranha... Porém, não disse nada, enquanto entravam no carro e seguiam de volta para Lençóis.

Lençóis, Bahia, nos dias de hoje.
Sábado bem cedo.

CAPÍTULO

V

Antes de descerem para tomar café, na manhã seguinte, Bruno puxou conversa.

– A gente não vai mais embora hoje, né?

O pai olhava atentamente uma pequena agenda que tirara da mala.

– Não, assim você aproveita e manda aqueles cartões postais. Mas, já sabe...

Bruno fez o que acreditava ser "cara de agente secreto".

– Sigilo absoluto! Tudo bem. Só vou dizer pra mamãe que a gente pode demorar mais tempo aqui, visitando as cachoeiras e cavernas. E... – interrompeu-se, ao pensar o que escreveria no cartão para Mônica. Mas a imagem de Mônica insistia em confundir-se com outro rosto.

Sua voz estava séria quando voltou a falar.

– Pai, aquela tal Cora é muito esquisita. Ela diz que a terra é da família dela, mas não tem o sotaque do pessoal daqui.

– Quer apostar que o Mestre Ambrósio sabe tudo sobre ela? – disse Rodolfo, já se preparando para abrir a porta. – Vamos dar um pulo no bar depois do café. Quero que ele me ensine o caminho para um tal Poço Encantado, em Andaraí. E no meio da conversa...

Ao entrarem no bar do Mestre, viram o bigodudo da faquinha num canto, bebendo algo. Ambrósio sorriu e veio ao encontro deles com uma travessa de acarajés.

– Salve! Pena que não *viero* comer ontem de noite. Servi uma *galinha de cabidela* que *rancou* suspiro de muita gente!

Bruno, que sabia como se prepara galinha à cabidela, – com molho à base do sangue da galinha – sentiu-se aliviado por não terem vindo. Mônica é vegetariana, e ele anda pensando em abdicar das carnes também.

Enquanto pensava nisso, o pai já pedia informações sobre locais turísticos em Andaraí e de novo encomendava alguns quitutes para levarem.

– Estávamos pensando em ir embora, mas ainda quero conhecer esse poço em Andaraí. Dizem que é muito bonito.

O Mestre desandou a falar, embalando tapioca num prato de papelão e acarajés em outro.

– É de *deixá* de boca aberta, seu Rodolfo. Aproveite que vão *praqueles* lados pra irem ver as ruínas em Igatu. *Num* é tão bonito *que nem* Lençóis, mas vale a pena.

– Ontem fomos ver a Gruta do Lapão – interrompeu Bruno. – Deve ter muito mais caverna pra se ver por ali. A gente até pediu informação para uma moça lá, mas ela não disse quase nada.

Rodolfo aproveitou a deixa.

– Meu filho ficou impressionado com uma mulher estranha que nós encontramos. Disse que parecia uma dessas bruxas das histórias, catando ervas no mato.

Mestre Ambrósio soltou ainda mais a língua.

– Ah, eu sei quem é a moça, se chama Cora. Herdou a terra que foi dos Pereira Passos, gente de muito dinheiro antigamente.

– Pra mim ela parecia muito pobre, não tinha cara de ter dinheiro não... – comentou Bruno, abrindo a embalagem feita pelo Mestre e surrupiando um acarajé.

– Pois diz que ela é estudada, tem *té* economia no banco em Salvador e casa em Minas e São Paulo, *num sabe?* Mas se *embrenhô* no meio do mato *adispois* que perdeu o marido e o filho num desastre. Moravam em *Belorizonte*, pelo que eu sei. Pra mim, a pobre *tá variando da ideia*. Passa o dia catando erva. Mas já ouvi *contá* que *curô* uns menino de febre aí. Minha comadre diz que ela é *encantada*; *ocês* sabem, gente que tem parte com o além. *Antão*. Diz que é parteira e *tira mau-olhado*, também.

– Exatamente como as feiticeiras das histórias – brincou Rodolfo.

– E aí, pai, vamos embora? Quero ver o tal poço.

Rodolfo pagou pelos doces e salgados e ajeitou o pacote na mochila.

– A caminho. Mestre Ambrósio, essa vida de turista é a que eu pedi a Deus. Pra quem trabalha com números o dia todo, como eu, nada melhor que aproveitar a natureza. Depois destas férias, não vai ser fácil voltar para um escritório de contabilidade!

Bruno enfiou o resto do acarajé na boca e saiu do bar mastigando com força, para não rir. Rodolfo saiu rapidamente, sério, mas tendo tempo de notar que o jagunço o seguia com os olhos.

Apenas no carro, a caminho da estrada que levava a Andaraí, o garoto deu uma risadinha.

– Contabilidade! Será que eles acreditaram?

– Não sei, mas não gosto dessa tocaia em cima da gente. Quem quer que esteja por trás da invasão dos terrenos do Parque, recebe informações sobre os recém-chegados do Mestre e do povo da pousada. Você reparou que, cada vez que vimos um ônibus turístico, tinha alguém local de olho nos turistas?

Bruno estremeceu. Começava a achar que deveriam, mesmo, ir embora.

Pouco depois de deixaram o boteco, um jagunço entrou, tirou o chapéu e foi se sentar junto do homem da faquinha preta. Falando baixinho, perguntou:

– Alguma coisa? Eu e Bira *precisamo* voltar pra *lá* e dar notícia da situação.

O outro fez que não com a cabeça e confidenciou:

– O patrão anda vendo pelo em ovo, Derino. Se é essa gente que os *home* tão botando pra espionar lavra, a *puliça tá munto* pior que a gente.

Derino saiu, o bigodudo bocejou e pareceu adormecer, e Mestre Ambrósio, sempre limpando o balcão com seu pano encardido, soltou um bufo.

– O pior cego é o que *num* quer ver, já dizia minha vó – murmurou.

Apesar dos protestos do filho, que preferia logo voltar à casa de Cora, Rodolfo dirigiu mesmo até Andaraí e o fez fotografar os pontos turísticos mais interessantes. Embora deslumbrados com a beleza das grutas e poços, pouco demoraram lá. Só o suficiente para tomarem refrescos num bar e voltarem às proximidades de Lençóis.

O carro foi deixado num ponto mais escondido, distante dos sítios normalmente frequentados por turistas. E somente depois de comerem os quitutes embalados por Ambrósio foi que pai e filho retomaram a trilha que ia dar no rio, onde as árvores escondiam a casinha de pau a pique.

A porta estava apenas encostada, como Cora dissera. Ela não estava por perto. O velho continuava na cama, respirando com suavidade.

– Psiu! – disse Rodolfo. – Ele está dormindo. Vamos sair.

– Onde será que Cora foi? – sussurrou Bruno, olhando o quintal ao redor. Algumas galinhas ciscavam junto a uma horta, que não tinham notado no dia anterior.

– Vai ver ela é mesmo *encantada* – resmungou Rodolfo –, e foi dar uma voltinha no *outro mundo*...

Uma voz rude, vinda do lado da casa, ressoou no alpendre.

– O *outro mundo* é bem melhor que este aqui, se quer saber a minha opinião.

Cora entrou com um cesto. Sentou-se num banquinho feito de tronco e começou a separar, numa gamela de madeira, algumas raízes de mandioca. Rodolfo sorriu amarelo.

– Eu estava brincando, dona Cora. Como vai o nosso amigo?

– Já disse pra me chamar só de Cora, moço – ela falou sem tirar os olhos do cesto.

– Então me chame de Rodolfo.

Bruno começava a ficar impaciente.

– Mas, e o velhinho? Ele melhorou, não é? *Tá* lá dormindo quieto...

Cora colocou o cesto e a gamela no chão do alpendre, limpou as mãos no avental e olhou bem para o garoto. O perfume de verbena pareceu ficar mais forte.

– Como é mesmo seu nome?

– Bruno.

– Entenda, Bruno: ele é bastante idoso e, pela aparência que tem, sei que passou a vida trabalhando no pesado. Está com os pulmões afetados e deve ter febre há dias. Mesmo se não tivesse se ferido no desabamento, teria pouco tempo de vida. Dormiu agora por ação de um chá que eu dei, mas passou toda a noite e metade da manhã delirando.

– Descobriu quem é ele, se tem família? – inquiriu Rodolfo.

Ela abanou a cabeça e convidou-os a entrar.

– Não, só falou em morrer e em acabar com uma tal maldição. Ah, sim, ele perguntou pelo menino. Três vezes. Parece que gostou de vocês.

Rodolfo entreabriu a porta e olhou, com pena, o corpo mirrado mexer-se na cama.

– Cora, vamos levar o homem para o hospital. Se quiser, você pode vir junto, não vai haver problema com a polícia.

Bruno esperou por outra agressão da parte dela, mas, para sua surpresa, a expressão de seu rosto revelava agora muita doçura.

– Acho que ele prefere morrer aqui, Rodolfo.

– Mas os médicos...

Ela lhes deu as costas, entrou na casa e começou a esquentar água no fogãozinho.

– Os médicos não iam poder fazer muita coisa, acredite em mim. Agora tomem um pouco de chá de alcaçuz comigo. Faz bem, mesmo para quem não tem problema no pulmão.

– *M'nino*!

Os três olharam para a cama e viram que o velho acordara e fitava Bruno com os olhos brilhantes. Parecia enxergar apenas o garoto. A mão direita, com um novo curativo, ainda segurava fortemente o saquinho de couro preso ao pescoço. Bruno olhou para o pai, hesitante.

– Vai lá perto ver o que o homem quer, filho.

Ele se aproximou e sentou-se num banquinho ao pé da cama.

– *Tá* melhor, vovô?

– Como Deus *qué...* – foi a resposta, já com voz mais firme. – *Cumé* seu nome?

"Hoje é dia de me apresentar pra todo mundo", pensou ele. E respondeu:

– Bruno. E o seu?

– É Agenor. Agenor Maron de Lemos, *num sabe*? – declarou ele, com um certo orgulho.

A voz de Cora soou espantada.

– Maron de Lemos?! Mas então...

Não continuou a falar. O velho tentava erguer-se, e Bruno ajeitava o travesseiro para ele.

– Me deixe, a *dor no espinhaço* passou. Só quero que pegue esse *picuá, m'nino*.

– *Picuá*?

Cora e Rodolfo entreolharam-se, enquanto o velho indicava ao garoto o saquinho em seu pescoço. Bruno ajudou-o a tirar o nó do fio de couro que o mantinha preso. Segurou, meio sem jeito, o volume na mão.

– Pode abrir o *picuá*.

O garoto desamarrou a cordinha que fechava o saco e, de dentro dele tirou uma pedra, do tamanho de um morango dos grandes, que parecia velha, muito velha. Devia estar lá dentro há décadas.

– É uma pedra? – sussurrou Bruno, rolando aquilo nas mãos.

Mas o velho fechara os olhos, parecendo dormir outra vez.

A água fervia. Cora foi apagar o fogo e Rodolfo respirou fundo, quebrando o silêncio.

– Isso é um diamante, meu filho. Em bruto. O maior que eu já vi!

– Pensei que diamante brilhava mais... – foi o comentário de Bruno, olhando a pedra contra a luz fraca da janela. Encontrou os olhos de Cora, que abanou a cabeça.

– Só depois de lapidado. Seu pai tem razão, é dos maiores. Faz muito, mas muito tempo mesmo, que não aparece pedra desse quilate em Lençóis...

Bruno, um tanto trêmulo, devolvia a pedra ao saquinho quando o velho abriu os olhos e recomeçou a falar.

– Foi *catado* em *cabeça d'água, fazenda fina*. Mas é *infusado, coisa do demo*!

– Que foi que ele disse?

Cora traduziu.

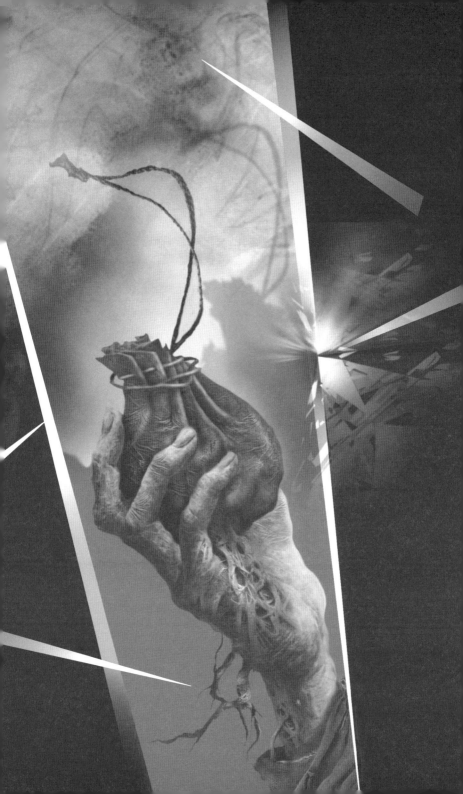

– O diamante foi encontrado numa nascente de rio, é valioso, mas de venda difícil. Ele parece achar que é amaldiçoado, coisa do demônio...

– Antes de *morrê* tenho que *devolvê* essa maldição pro fundo da terra! Ele fez todo mundo *sofrê des* que saiu d'água. Fez eu *arrenegá* da vida. Se achegue que eu lhe conto, *m'nino*. Eu lhe conto a história de mãe Osória e vó Dianá. No tempo que essa terra aqui era cheinha de diamante...

Cora indicou a Rodolfo outro banquinho junto à cama. Ele sentou-se, olhos fixos no corpo magro do velho. Mas aquele que dissera chamar-se Agenor não tirou os olhos de Bruno. E, com a voz revigorada, começou a desfiar uma história melhor que as de Mestre Ambrósio: parecia um antigo conto de fadas, história de Trancoso ou aventura de Malazartes.

O velho recitava como se tivesse ouvido aquele conto muitas, muitas vezes, até saber cada detalhe de cor.

PARTE 2

CAMINHO DE VOLTA

Lençóis, Bahia, 1887.

CAPÍTULO
VI

– Puxa eu daqui, seu *Terenço*, achei um pedrão da *mulesta*!

– Puxem a corda! – ordenou o capataz.

– Parece que o Baltazar encontrou coisa grande.

Terêncio era capataz do Coronel Osório Ferreira Mendes e a única pessoa que tinha a confiança quase que total do "Coronelzinho", como seu patrão era chamado pelas costas, por ser bastante jovem ainda. Ele era presença constante nas lavras de diamante, comandando os feitores. Com tanta riqueza surgindo dos rios e barrancos, fazia-se necessário manter o olho vivo nos escravos: havia malandros que engoliam as melhores pedras, pensando em comprar sua liberdade com elas.

Mas não no território de Terêncio. Tomara a si a tarefa de extrair o máximo das lavras do Coronel Osório, que herdara as terras e a posição social por ocasião da morte do pai. Ocupado demais com tramoias políticas e – dizia-se – casos amorosos na cidade, o patrão andava com a cabeça quente, sem tempo para conferir tudo pessoalmente, como fazia o pai. E Terêncio vigiava tudo com olhos de falcão e vontade de ferro: tinha a fama de já ter destripado dois escravos que haviam tentado fugir com diamantes no bucho.

– *Ói* ele aí, seu *Terenço*!

Baltazar, o escravo, fora içado para fora da gruta que se abria no chão. Vinha encharcado, pois *bateava* o cascalho na água de uma nascente subterrânea. Numa das mãos trazia a pedra.

– Deixe *vê* – disse Terêncio, estendendo a mão.

– É *fazenda fina*! – comentou o escravo, todo sorridente.

Terêncio olhou na luz o que pareceria, para olhos forasteiros, um mero pedaço de rocha.

– *Xente, ói* pra isso! – exultou ele. – É *fazenda fina* mesmo. O *coroné* vai *ficá* contente. Faz tempo que *num* se acha uma pedra dessas por aqui.

– Quer que bote na *capanga*, *nhô Terenço*? – perguntou o escravo.

– Não, deixe que eu levo agorinha pro *Coroné*.

Saiu da gruta e foi descendo em direção à sede da fazenda, pensando que uma pedra daquelas seria suficiente para acabar com todas as dívidas do patrão. Na verdade, segundo a avaliação do capataz, aquela pedra poderia transformar o mais miserável garimpeiro das Lavras Diamantinas em Imperador, pelo menos.

Se a pedra fosse sua... Num devaneio, viu-se alinhado, montado em cavalo novo, entrando em seu próprio sítio, tendo ao lado aquela morena *tinhosa* do armazém – toda bonita, com joias e roupas compradas na capital.

Porém a pedra não era sua; era aquilo que o Coronel Osório esperava para se safar dos problemas em que andava metido. Terêncio não sabia ao certo que problemas eram esses, mas podia jurar que tinham a ver com posse de terras... e com mulher.

Bateu bem as botas para tirar a terra antes de entrar na casa grande da fazenda, onde o jovem Coronel vivia com a família.

A escadaria da igreja fervia de gente. Dona Otília Pereira Passos Ferreira Mendes saiu da matriz do Senhor dos Passos acompanhada de duas criadas libertas, como convinha à esposa de um dos mais conhecidos coronéis da cidade. Sorria fingidamente para os conhecidos, embora até há pouco suspirasse com amargura. Pensava na inutilidade de suas visitas à igreja, pois nem as novenas e muito menos os terços, tantas vezes rezados, a haviam ajudado: ainda não conseguira dar um filho a Osório. E ela muito esperava por aquele filho, já que nos últimos tempos o marido se tornava cada vez mais distante e mal-humorado. Talvez uma criança em casa...

– Dona Otília, bons-dias!

Mais um sorriso forçado, desta vez para uma grande amiga de sua mãe, dona Azize Neme, esposa de um dos coronéis mais influentes de Lençóis.

– Bons-dias, dona Azize, *inda* ontem mamãe falou na senhora. Precisa aparecer lá em casa!

– Meus respeitos à dona Firmina, assim que puder vou vê-la.

Num canto da escadaria uma voz monótona e grave começava a sobressair-se entre o vozerio. Zé Popô, mendigo e cantador, remoía seu discurso diário em frente à matriz. Algumas mucamas paravam para ouvi-lo, entre gritinhos. Apesar de envelhecido pelo garimpo e eternamente tonteado pela bebida, o pobre maluco versejava diariamente, improvisando trovas sobre tudo que acontecia em Lençóis. Otília puxou as criadas e foi saindo dali o mais depressa que podia.

– Até mais ver, dona Azize. Tenho compras a fazer. Vamos!

Contudo, por mais depressa que andasse, Otília, que não se poderia chamar de ágil, ainda estava próxima à Igreja do Senhor dos Passos quando o cantador-mendigo desfiou sua última composição, em trovas que todos na cidade já tinham ouvido naquela semana.

– Home novo é um perigo, inda mais se é coroné.
Com diamante no bolso, com bota fina no pé.
Abre os óio, minha fia, se tu num tem otro home,
Ele tem filho crescendo no bucho de otra mulé...

As duas libertas trocaram olhares por trás de Otília, que seguia na direção da feira.

— Mas que moleza, vocês duas! Vamos logo, quero levar doce de marmelo de Jacobina.

— Por que *sinhá* não compra doce no Armazém, que é logo ali?

Pela mente de Otília passou a imagem da jovem dona do Armazém de Secos e Molhados, morena clara de testa orgulhosa, com quem, dizia-se, muito pai de família já se havia *enrabichado*.

— Não compro naquele lugar — resmungou entre os dentes. — Vamos até a feira.

E seguiu mais depressa ainda, enquanto os versos de Zé Popô ainda ecoavam na avenida.

Abre os óio, minha fia, se tu num tem otro home
Ele tem filho crescendo no bucho de otra mulé...

Os dentes bem feitos de Dianá Maron de Lemos se abriram numa gargalhada ao ouvir o final da cantiga monótona de Zé Popô. *Otra mulé...*

— Pelo menos essa é mulher de verdade — disse baixinho, afagando o ventre. — Capaz de lhe dar filho!

— *Sinhá* chamou? — disse um moleque, vindo do lado de lá do balcão do armazém.

— Não, Joaquim, foi nada não. *Tava* ouvindo as caraminholas do Zé Popô.

O moleque riu para si mesmo e voltou para trás do balcão, onde a carne de sol, os barris de farinha e os tachos de doce se misturavam com peças de tecido, ferramentas, pás e bateias de garimpo. Dianá espantou as moscas, que insistiam em voejar por sobre o charque, e saiu da entrada do armazém, ocultando-se das vistas do público por trás das pilhas de mercadoria.

Uma velha escrava liberta, ajeitando feixes de piaçava num canto, abanou a cabeça para ela.

– *Fia*, se aquiete. Deixe só esse povo ter certeza que *vosmecê* vai dar filho pro Coronel Osório, pra ver se não lhe fazem algum mal!

O sorriso de Dianá sumiu repentinamente.

– Ara, Tiana, me deixe. Sou livre *des* que nasci, não tenho que dar satisfação a ninguém. Depois, meu pai morreu e deixou o Armazém de papel passado direitinho em meu nome, pra juiz nenhum botar empecilho. Se quero ter filho, ninguém tem nada a ver com isso!

A velha continuava abanando a cabeça.

– *Antão num* conhece branco, menina Dianá? Pra eles nem eu nem *vosmecê* valemos nada, *mor* que somos filhos de escravo. Seu pai foi um santo *home*, que Deus tenha o pobre do Quirino a seu lado, mas não *tá* mais aqui pra lhe aconselhar. Que que *vosmecê* tinha de se engraçar com esse Coronelzinho?

Dianá ajeitou as saias e se encostou junto de uma janelinha, de onde podia espiar o movimento na rua principal.

– Eu gosto dele, Tiana. Nunca me ajeitei com os moços daqui, tanto capangueiro e garimpeiro me cobiçando. O Osório, não. Chegou aqui todo cheio de orgulho, bonito de *fazê* gosto, mandando em todo mundo. Mas, quando me viu, se derreteu todinho.

– É, diz que o diamante mais fino é o que parece pedra mais bruta, *num sabe, fia*?

– Pois *antão*, Tiana, Osório agora é meu *home*. Aquela mulherzinha dele *num* pode ter filho, quem vai ter o filho dele sou eu. E aí...

A velha largara as piaçavas e já se encaminhava para o fundo do armazém.

– E aí nada, Dianá. Pensa o quê? Que ele vai largar da mulher branca e rica dele pra ficar com *vosmecê*? Esquece esse *home, fia*. Nunca que a gente dessas lavras ia se conformar dele se juntar com...

– *Sinhá* – veio a voz do moleque interrompendo –, o moço quer azeite pra lampião!

– Pegue a medida ali, Joaquim. Deixe que eu marco no livro.

A velha Tiana ainda olhou por um tempo Dianá, toda faceira no vestido novo, a atender a freguesia do armazém. Depois entrou para os fundos, suspirando. O vestido novo não ia servir por muito tempo... E ela conhecia aquela gente: os coronéis com seus jagunços, as mulheres com suas rezas e rendas. Para eles, o diamante lapidado é que valia: branco e brilhante.

Dianá podia ser também um diamante em bruto. Podia ser filha do bom homem que tinha sido Quirino Maron de Lemos. Podia ter seu negócio, ser jovem, bonita e independente. Podia até, coisa rara, saber ler!

Mas era filha de uma escrava. E isso, naquele lugar, contava mais do que tudo.

– Olhe só, patrão.

Osório Ferreira Mendes saiu de trás de sua mesa de imbuia lavrada para pegar a pedra bruta que o capataz lhe oferecia. Era um homem alto, queimado de sol, de gestos agressivos. Nos últimos meses andava insatisfeito e exigente com os empregados, mal tolerando a mulher e a sogra. Comentava-se que estava endividado, metido em disputas sobre as terras das lavras, e que além de tudo andava se indispondo com gente das duas facções políticas locais – coisa perigosa por ali.

Naquela manhã, porém, ao tomar nas mãos o diamante bruto, recém saído da terra, Osório pareceu esquecer todas as atribulações.

– *Fazenda fina*, coroné.

– De onde veio?

– Da gruta que *começamo* a *explorá* semana passada. Pra lá do Paraguaçu.

Era realmente o maior diamante já aparecido em suas lavras. Ouvira falar em diamantes maiores, mas no tempo de seu avô. Desde a morte do pai, nada daquele quilate havia saído do cascalho dos rios. Sem obter lucro nas lavras, tudo que ele fizera fora administrar, e mal, o

que recebera de herança do velho Coronel. Mesmo os mais antigos amigos do pai ultimamente já o olhavam com desconfiança. Agora, com aquele diamante...

As dívidas poderiam ser pagas, a situação das terras regularizada. Quase todas as lavras que explorava no momento estavam em terra alheia. Mesmo essa gruta, além do Paraguaçu, não lhe pertencia. Se a notícia sobre aquele diamante se espalhasse, haveria uma corrida ao lugar. E ele não poderia contar com muitos jagunços para defender o terreno, que nem seu era.

O capataz aguardava, o chapéu nas mãos, a bovina confiança nos olhos.

– Quanta gente na lavra viu a pedra, Terêncio?

– Só eu e o Baltazar, que *encontrô* ela, patrão.

– Sei... – Osório olhou a pedra por mais alguns minutos, depois tomou um saquinho de couro sobre a mesa, abriu e guardou-a dentro, com cuidado. Somente então olhou para o capataz. – Terêncio, sempre lhe tive muita confiança, não é?

– Claro, seu *Coroné*.

– E vou precisar muito de alguém em quem possa confiar. Aquelas terras pra lá do Paraguaçu ainda estão em disputa. O juiz não me deu a escritura até agora. Essas coisas de papelada são complicadas.

São sim, seu *Coroné*. Mas o que tem isso a ver com...

– Bem que seria melhor ninguém saber sobre esse diamante. Vamos manter tudo em segredo, só até o juiz me dar a posse definitiva das terras. O que acha?

O homem pareceu confuso.

– Do quê, *Coroné*?

Osório lembrou-se dos comentários sobre casos amorosos do capataz e mudou de tática.

– Me diga, Terêncio, não andava juntando uns cobres pra casar e comprar aquele sitiozinho depois do Mucugê?

O outro começou a torcer o chapéu na mão, incerto quanto ao rumo que a conversa tomava.

– É sim, seu *Coroné*, mas o *home tá* querendo muito dinheiro.

Osório sentou-se atrás da mesa de imbuia, mexendo numa caixa feita de folha de flandres.

– Pois eu acho que está na hora do meu melhor capataz se ajeitar na vida. Eu poderia lhe ajudar a comprar aquele sítio, montar família... quem sabe entrar de sócio numa lavra pequena.

Os olhos do homem se arregalaram ao som de lavra.

– Era o que eu queria quando vim pra cá, *Coroné*. Andei pensando nisso, em casar com uma dona que conheço, mas ela nem *bota os óio* em mim. Agora, se eu tivesse dinheiro...

Exatamente o que Osório queria ouvir.

– Pois então, está tudo certo. Só mais um servicinho de confiança, e eu vou arranjar tudo pra ajeitar sua vida. Primeiro o sítio, depois um casamento, e mais pra frente arrumamos uma lavrinha boa de explorar. Que me diz?

Terêncio era homem simples, mas não era tolo. Olhou o Coronelzinho bem nos olhos.

– É serviço de morte, *né* não, *Coroné*?

O silêncio de Osório respondeu por ele. Mexeu no saquinho de couro sobre a mesa.

– Entenda, Terêncio, ninguém mais pode saber sobre essa pedra. Seria muito perigoso para nós. E o tal escravo que encontrou...

– O Baltazar.

– É melhor darmos um jeito nele antes que comece a falar demais. Entendeu?

Foi a vez do capataz responder com o silêncio.

– Então, venha aqui amanhã e conversaremos sobre o negócio do sítio.

Ajeitando o chapéu na cabeça, Terêncio saiu do escritório. Passou pela sala rapidamente e mal reparou em Otília, que se encaminhava para o oratório com seu inseparável terço. Se houvesse reparado, perceberia que a mulher do Coronel estava bem mais perturbada que de costume.

– Zé de Neves, *desça* a corda no buraco. O Baltazar vai lá *assuntar* a situação.

O homem que Terêncio chamara olhou-o, estranhando a ordem.

– *Num qué* que mande o Tião, seu *Terênço*? Ele é mais acostumado a se *embrenhá* em gruta... E essa aí *tá* meio perigosa.

Terêncio não olhou para o subordinado, fingindo medir a extensão da gruta que um buraco a seus pés revelava; um lampião pendurado por outra corda iluminava até certo ponto, mas não permitia que se visse o fundo da caverna.

– Seu *Coroné* mandou o Tião com uma turma grande praquela lavra do Utinga. Aqui, *vamo* do jeito que dá. Chame o Baltazar.

Logo mais, vários escravos fixavam uma corda que descia buraco adentro. O franzino Baltazar desceu por ela, tentando encontrar chão entre as pedras da gruta, que, por séculos, havia sido escavada pelas águas. Do lado de fora, Zé de Neves, o encarregado, suava.

– Seu *Terenço*, carece de subir ele – resmungou, depois de algum tempo. – Já *tentamo* essa gruta duas *vez*, e nada de conseguir lugar pra batear. Parece que o rio *tá* debaixo de muita terra. *Num* era melhor voltar pro sítio do Paraguaçu? Lá deu pedra de bom tamanho ontem.

Terêncio percebeu que Baltazar falara sobre o diamante. O mal devia ser cortado pela raiz mais depressa do que ele pensara...

– *Num* discuta ordem do *Coroné*, Zé de Neves. E ontem só saiu carbonato. O Baltazar mesmo pegou uma pedrona, mas quando *fomo* ver, *num* valia grande coisa...

A voz de Baltazar soou distante, mas amplificada pela caverna.

– Precisa de mais luz, *tá* um breu só! – gritava ele – E nem sinal de chão!

– Solta mais corda – foi a ordem do encarregado aos escravos. – Por que *num* trouxeram mais? Vão lá fora pegar. Vou baixar outro lampião.

Era o que Terêncio esperava. Com a saída de vários trabalhadores, ficava mais fácil fazer *o serviço*. Aproximou-se dos escravos restantes e testou a resistência da corda.

– Essa corda *tá* podre, Zé de Neves! Melhor trazer o Baltazar antes que despenque tudo.

Dirigindo-se para a boca do buraco, Terêncio fingiu tropeçar e caiu por cima dos homens.

– Ai, que alguma coisa me picou! Pode ser escorpião! – berrou, enquanto caía.

Calculara direitinho. Dois trabalhadores, assustados com sua queda, largaram a ponta da corda, que Terêncio disfarçadamente soltara das presilhas. Sem sustentação, o principal apoio de Baltazar rompeu-se e o pobre deslizou com corda, lampião e tudo, para o fundo da gruta.

– Acuda! – foi o grito que todos ouviram.

– Ai, meu Senhor dos Passos! – gemeu fingidamente Terêncio, correndo para a boca do buraco. – Agarra a ponta, Zé!

Zé de Neves jogara-se com metade do corpo fenda abaixo, com dois escravos segurando-o. Mas a corda escapara totalmente, e com ela o pobre escravo. Ouviram o som do baque do corpo ao fundo, seguido pelo ruído surdo de um desabamento. Ao cair, Baltazar provavelmente causara o deslocamento de paredes da gruta. A terra sob seus pés tremeu e uma nuvem de pó subiu; logo, o barulho de água soou; alguma corrente subterrânea se libertara.

– Depressa! – ordenou Terêncio – *Vamo* descer mais dois *home* com a corda reforçada.

Zé de Neves se levantara, mas não conseguia tirar os olhos do buraco a seus pés.

– *Num dianta* mais. O buraco era muito fundo – disse.

– Vamos tentar, *home*, pode ser que *inda* dê jeito – teimou o capataz, fingindo-se aflito.

Nas horas que se seguiram, Terêncio desceu, com mais dois escravos, pela fenda da gruta. Pretendia dar cabo do que começara, se por acaso Baltazar houvesse sobrevivido à queda.

Mas não foi preciso. Já era noite quando encontraram o corpo, que carregaram para cima com muito sacrifício. Terêncio foi levado para a fazenda com a perna realmente machucada, lamentando em alta voz a perda do escravo e pregando o abandono da gruta, que, segundo ele, era amaldiçoada.

Zé de Neves ficou no acampamento, sem lembrar de livrar-se da sujeira que o cobria, recusando comida. Não tirava o olhar sombrio do grupo que seguia a cavalo, acompanhando o capataz ferido. Sabia que havia algo errado naquela história.

Baltazar seria enterrado, e com ele o segredo do diamante encontrado. Ninguém o vira, a não ser o morto,

Terêncio e o Coronel. Porém, naquela noite houve murmúrio entre os escravos e libertos que trabalhavam no garimpo.

Um boato, que ainda daria muitos frutos, se espalhava.

CAPÍTULO

VII

Dona Firmina Pereira Passos resmungou alguma coisa e passou entre os dedos mais uma conta do rosário. Rezava em frente ao oratório, numa sala ao lado da grande sala de estar da casa da fazenda, escarrapachada numa confortável cadeira. Porém seus olhos não se fixavam na imagem da Madona de olhos tristes no oratório; seguia interessada nos movimentos da sala ao lado, esforçando-se para não perder nenhuma palavra da discussão entre a filha e o genro.

– Mas até as mucamas já falam nisso... – gemia Otília, a custo contendo as lágrimas.

– Tudo mentira. E o assunto *tá* encerrado! – disse entre os dentes a voz forte do Coronel.

Logo o ruído da grande porta se fechando soou, seguido pelos passos de Otília no corredor que levava aos quartos. A velha senhora largou o terço e suspirou. Mais um desentendimento entre a filha e o orgulhoso Osório, como se já não bastassem todos os problemas.

A falta de dinheiro dos últimos anos, cada vez mais acentuada, demonstrava que o genro continuava a dilapidar a herança do pai, sem obter novos recursos para manter a família no padrão de vida a que estava habituada.

– Vou me sentar na varanda – suspirou a mulher, levantando-se e apanhando as saias fartas com que escondia o corpo volumoso.

– *Sinhá* quer refresco? – indagou a menina que a acompanhava, recolhendo o terço da patroa.

– Mais tarde. Mande também trazer uns docinhos, minha comadre Azize vem logo mais.

Azize Neme era filha de rica família libanesa, estabelecida há anos na Bahia. Casada com o Coronel Neme, homem de grande influência em Lençóis e adjacências, mandante de dezenas de capangueiros e jagunços, Azize dava-se muito bem com dona Firmina; ambas tinham em comum o gosto pelos comentários sobre a vida alheia.

Naquela tarde, porém, a mãe de Otília não tinha vontade de futricar. Sabia que sua própria filha era alvo de todos os comentários maldosos na cidade. Tudo começara quando o bêbado Zé Popô começara a fazer trovas sobre um possível caso de Osório com a tal mulata dos secos e molhados, filha do falecido Quirino do armazém.

E os choramingos de Otília nada ajudavam. Indagado sobre Dianá, o marido negava; e a sogra sabia que, se fosse pressionado demais, poderia fazer alguma bobagem – como fazem alguns homens para provar que têm razão.

Firmina sentou-se na varanda, pensando numa forma de contornar a situação. Na última semana ainda, os criados da casa andavam murmurando coisas sobre um diamante enorme que Osório teria encontrado; mas também isso ele negava.

Se ao menos fosse verdade... talvez a situação financeira se regularizasse. O que não impediria o escândalo entre as famílias tradicionais da sociedade local, caso a mulata tivesse mesmo um filho de Osório.

Quando, contudo, um moleque veio avisar da chegada de dona Azize, Firmina já não parecia tão preocupada. Contava que, com a ajuda da comadre e a colaboração dos jagunços do compadre, algo poderia ser feito para livrar a filha de mais esse desgosto. A família Neme lhe devia alguns favores; talvez aquela fosse a hora de cobrar.

E foi assim que, naquela tarde, dona Firmina Pereira Passos recebeu com muitos sorrisos a esposa do Coronel Neme para um refresco, alguns docinhos e uma conversa sigilosa.

Quando a amiga se retirou, à noitinha, Otília finalmente surgiu, olhos vermelhos e o ar um tanto perdido.

– *Vixe*, minha filha, mas que é isso? Alguma *sezão*?

– Só uma dor de cabeça, minha mãe. Dona Azize já foi? Vou mandar servir o jantar.

A velha senhora levantou-se da varanda com um suspiro.

– Não vamos esperar Osório?

A filha já andava na direção da cozinha, escondendo as lágrimas do olhar penetrante da mãe.

– Osório não vem jantar hoje. Foi se encontrar com o Comendador.

– Sei muito bem que "Comendador" ele foi encontrar! – resmungou dona Firmina – Mas isso não vai durar muito, minha filha. Ouça o que eu digo e trate de se embelezar: homem como Osório não gosta de resmungo... e logo, muito logo, o problema que lhe apoquenta vai deixar de existir.

Otília, já dando ordens às cozinheiras, olhou para a mãe, intrigada. O que ela quereria dizer com isso? Nada descobriu, porém. Dona Firmina inspecionava a comida nos tachos e parecia não ter um único problema neste mundo.

Dianá não havia passado bem naquele dia. A gravidez se acentuava, os enjôos aumentavam, e os olhares maldosos do povo da cidade não a deixavam em paz. Sentada atrás do balcão do armazém, mandou o moleque fechar as portas.

– Mas já, *sinhá*? *Inda tá* claro.

– Obedece, Joaquim – disse Tiana, trazendo uma caneca de folha que fumegava. – Tome isto aqui, Dianá, vai lhe fazer bem.

A moça tomou o chá que a velha lhe oferecia. Sentia-se tão fraca, tão sozinha, tão criança.

– Tiana, eu queria ir-me embora daqui. Queria que meu pai *num* tivesse morrido...

A velha olhou em torno, avaliando a mercadoria do armazém.

– Pois vá, *fia*. Se vender essa coisarada toda dá pra começar vida noutra freguesia onde ninguém lhe conheça... Mas era bom andar logo. *Num* vem coisa boa por aqui, *num* vem não.

A moça ficou cismando na janela, vendo a noite chegar. Mal notou um vulto que, da esquina, a espreitava. Afinal, percebeu o homem deixar a esquina e se aproximar, hesitante.

– *Noite*, menina Dianá. Como vai *vosmecê*?

Ela reconheceu Terêncio, o capataz de Osório.

– Se precisa de alguma coisa, seu Terenço, mando o Joaquim abrir.

– Preciso nada não. Só vim ver *vosmecê*... *Tão* dizendo por aí que... sabe... que a menina anda adoentada.

Dianá se sentiu desconfortável. Terêncio a cortejara há muitos meses, bem antes que ela e Osório se conhecessem. Pensara que a houvesse esquecido, mas... o brilho nos olhos dele, olhando-a da calçada, desmentia tal hipótese. Terêncio a queria, com certeza. E se tivesse ouvido os boatos sobre ela e o Coronel seu patrão...

– Esse povo fala demais, seu *Terenço*. Tenho nada não. Agora me dê licença, que vou ajudar Tiana com a janta.

Terêncio ainda ficou algum tempo na calçada, olhando a janela pela qual a morena desaparecera. Ouvira, abismado, as trovas de Zé Popô na escadaria da igreja.

Não podia crer que um Coronel cheio de ouro e orgulho como Osório se amasiasse com uma mulata, filha de escrava, que desde criança trabalhava num armazém de secos e molhados.

Dianá era bonita demais, atraente demais, mas era gente de outro estofo... era mulher para um homem como ele, do povo, acostumado à vida nas lavras.

Talvez, como ela dera a entender, tudo não passasse de conversa do povo. Zé Popô bebia demais e ficava ali variando, inventando histórias. Não, ele realmente não acreditava naquilo.

Com a ajuda do Coronel, ia comprar o sítio no Mucugê. Ia tirar muito diamante da terra, ia *bamburrar*, não ia mais precisar trabalhar em lavra dos outros, aturar os boatos que Zé de Neves andava espalhando sobre ele pela fazenda.

Tudo ia melhorar e Dianá ia gostar de ganhar presentes ricos, finos, vestidos de renda, como os das mulheres dos coronéis.

Saiu de lá resoluto, virou a esquina e sumiu na direção da Matriz. Não viu que outro vulto, do lado oposto da rua, o observava. Quando o capataz sumiu de vista, o vulto chegou ao armazém e bateu à porta.

Joaquim, o moleque, veio abrir.

– *Sinhá* já fechou, se *vosmecê* puder *voltá* amanhã...

A voz forte do Coronel soou abafada dentro do armazém.

– *Num* vim comprar nada. Diga à *sinhá* que é Osório.

O moleque correu para os fundos do armazém, e o Coronel Osório Ferreira Mendes pisou o recinto escuro, respirando o perfume pronunciado das especiarias. O cheiro que cercava Dianá...

O Coronelzinho, às vezes, acreditava estar *encantado*. Como fora se apaixonar por uma liberta, filha de escrava, ele que jamais simpatizara com abolicionistas? Sabia o que acontecia na Corte, conhecia as lutas políticas que se travavam no Rio de Janeiro e repercutiam na Bahia.

Segundo Neme, o Coronel mais bem informado das lavras, tanto a abolição dos escravos como a república iam acontecer, cedo ou tarde: era questão de anos, talvez até de meses; gente de dinheiro, como eles, devia estar preparada.

Gente de dinheiro...

Osório não sabia dizer onde gastara tudo que recebera na herança do velho Coronel. Mas devia muito dinheiro e favores a Neme – sem falar em outros credores que, por não estarem tão ligados à sua família, não seriam tão pacientes com sua demora em acertar as contas. Se ao menos as lavras voltassem a produzir como no tempo de seu pai!

Pegou no bolso o saquinho de couro de que há alguns dias não se separava. Ali dentro guardara o diamante encontrado por Baltazar. Com a morte do escravo, a não ser Terêncio, ninguém sabia sobre ele. Aquele, sim, era um diamante digno das Lavras Diamantinas. Valia uma fortuna!

Com sua venda, poderia pagar as dívidas, regularizar a posse de muitas terras, sossegar Otília e dona Firmina, sempre a cobrar dele mais e mais dinheiro para as despesas da casa...

– Osório?

Era a voz de Dianá, uma voz quase de criança, que parecia cantar ao dizer seu nome. Osório devia mesmo estar encantado... Junto dela não se importava mais com alianças políticas, posse de terras, problemas com a família ou com os empregados.

Dianá, a mulata mais sedutora de toda a Bahia, era sua mulher, só sua, e ia lhe dar um filho.

O Coronel olhou para o saquinho de couro que continha o maior diamante já encontrado em Lençóis. Se o vendesse, poderia arrumar sua vida.

Ou poderia sumir dali. Esquecer tudo sobre os aliados na política. Esquecer Lençóis, as terras, as lavras, ir para o Sul e começar vida nova ao lado de Dianá e do filho.

– Desculpe se demorei, Osório, não ando bem. É a criança...

Ele sorriu, abraçou-a, sentiu o ventre que aumentava com o crescimento do bebê. Então, num impulso, abriu-lhe a mão e colocou dentro dela o saquinho de couro.

– Veja isso.

Olhos arregalados, Dianá rolou nas mãos o diamante bruto.

Conhecia diamantes. Desde pequena vira seu pai, Quirino, negociar com eles. Sabia distinguir um diamante de um carbonato, sabia calcular o valor. Mas aquele era grande demais. Ela nem podia imaginar quanto valeria.

— É enorme, Osório! Deve valer muito, muito...

— Vale, Dianá. Dá pra comprar muita coisa com ele. Terras, casas, cavalos, gado. Vale muito... mas *tou* achando que é *infusado*, amaldiçoado.

— Ai, que *bestage, home*.

— Pois parece. Desde que apareceu só me trouxe preocupação... A terra que não é minha, o juiz que não acerta a papelada, o Neme a me pressionar com a política, o Manuel me cobrando as dívidas – isso fora de casa. Dentro de casa, então...

— Aquela sua mulherzinha anda lhe apoquentando, não? – Dianá conhecia Otília de vista; sempre imaginava como seu Coronelzinho poderia ter se casado com tal mulher.

— Otília vive fazendo cenas, minha sogra só reza o terço e me olha de lado, sem falar no Terêncio, que deu pra me cobrar umas promessas, e os garimpeiros que volta e meia se rebelam.

Dianá olhou novamente o diamante. No armazém, ouvia todo tipo de boatos, e ouvira os que falavam sobre a morte de um escravo jovem a mando de Osório, para esconder a descoberta de uma nova jazida. Se aquela pedra era uma amostra da tal jazida, então...

— E o que pensa fazer agora? Vender a pedra?

– Aqui não. Dianá, vamos embora de Lençóis. Vamos pro Sul. A gente começa a vida noutro lugar e esquece essa terra cheia de intriga... A criança lhe deixa montar?

– Posso montar bem, *inda num* me incomoda tanto. Mas ir embora assim, de repente?

Osório pensou um pouco. Não tinha mais certeza se podia confiar em Terêncio. A história sobre a morte de Baltazar e o diamante encontrado estava se espalhando, logo chegaria aos ouvidos de seus credores... E Otília a cada dia fazia mais estardalhaço sobre a gravidez da rival. Quanto antes ele pudesse sair da cidade, melhor.

– Tem de ser logo, Dianá. *Inda* hoje arrume suas coisas, pegue o que tiver valor e fique avisada: assim que eu mandar um moleque aqui com ordem de *comprar fumo*, saia da cidade o quanto antes. Leve aquele seu burro pra carregar o que der e me espere naquela paineira na estrada do Mucugê. Que ninguém lhe veja sair... Quando o dia chegar, uma hora depois de escurecer eu lhe encontro lá.

Ela o abraçou com força, o coração saltando ao se imaginar indo embora com ele. Sim, ela iria sem nem mesmo vender o armazém. Podia juntar algum dinheiro naqueles dias e deixar Tiana cuidando de tudo. Quando precisasse de mais dinheiro, era só mandar buscar.

– Faço o que lhe agradar, Osório. Mande o recado que vou estar pronta!

– Aproveite e guarde *isso* – ele disse num suspiro, fechando a mão dela em torno do diamante. – No máximo em três dias vamos estar longe daqui!

Dianá quase não dormiu naquela noite. Apesar da alegria e da excitação em imaginar-se fugindo de Lençóis com o homem que amava, não conseguia despregar os olhos do saquinho de couro que Osório lhe deixara.

Sabia que muita gente mataria para possuir um diamante daquele quilate.

CAPÍTULO

VIII

Na manhã seguinte, Osório tomou o café em silêncio, a sós com Otília. Chegara tarde à fazenda e evitara encontrá-la na noite anterior; mas não pudera evitar-lhe a presença na mesa de refeições. Como sempre, a mulher o pressionava.

– Osório, por que não manda calar a boca desse povo? Já nem posso mais ir à cidade, todos me olham de um jeito... só se fala na tal mulata esperando criança! E os escravos, então? O feitor teve de castigar mais dois ontem à tarde. Mandei a mucama *assuntar* e parece que *inda* se fala no tal Baltazar, que morreu na lavra há uns dias. Dizem que foi por causa dum diamante.

– De uma vez por todas, Otília, eu já tenho problemas demais, não sei de diamante nenhum, nem de mulata com criança! Agora me deixe em paz, que preciso sair.

Ainda ouvindo os resmungos da mulher, Osório foi para o escritório e conferiu o que deixara trancado a chave desde a noite anterior: um alforje com tudo que possuía de valioso. Ajeitou o alforje ocultando-o sob o casaco.

DIAMANTE BRUTO

Estava decidido a fugir naquela noite. Passaria ainda nas lavras, dando a impressão de ser um dia comum de trabalho. Mas iria montado em seu melhor cavalo.

— Neco, mande arrear o cavalo preto.

Otília estava a postos à porta da casa grande, o olhar lacrimejante de todo dia.

— Vai viajar, Osório? Nunca lhe vi montar o cavalo preto sem ser pra viagem longa...

O Coronel fingiu limpar o pó do chapéu.

— E desde quando viajo sem bagagem? Vou passar em todas as lavras, e o cavalo baio me pareceu que estava mancando, ontem.

Seria sua imaginação ou Otília estava mais nervosa que de costume? Se ela desconfiasse de alguma coisa... Lembrou-se, então, do sinal que devia mandar a Dianá e apalpou os bolsos.

— Acabei me esquecendo de comprar fumo. E hoje não vou ter tempo de ir à cidade... Olhe, Otília, vou mandar o Neco ir comprar fumo no armazém, e você guarde pra me entregar à noite.

— Pode deixar, Osório. Vem cedo hoje da lavra?

— Venho, venho.

Otília ainda ficou na varanda olhando o marido montar o cavalo preto que Neco trazia, arreado. Viu que ele dava uma moeda ao moleque, orientando que fosse comprar fumo. E acompanhou o cavalo até que sumiu estrada acima, no rumo da lavra mais próxima.

Tudo parecia certo para Otília. E ainda assim ela não conseguia sossegar. Como se soubesse que alguma desgraça se aproximava.

Eram duas horas da tarde quando dois jagunços do coronel Neme chegaram à fazenda de Osório. Diziam trazer encomenda de dona Azize para a comadre.

Otília levou os homens à salinha onde dona Firmina costumava rezar, imaginando que encomenda seria essa que uma mucama ou um moleque não pudesse trazer. Aguentou por alguns minutos a curiosidade, mas logo voltou à sala com a desculpa de mandar um recado à amiga. Ainda pôde ouvir as últimas palavras da mãe aos homens.

– Então vai ser esta noite. Tomem cuidado para não dar na vista... mas tenham certeza de que ela não escape.

O mais alto dos jagunços esboçou um sorriso desdentado.

– Nem se *avexe, sinhá dona*. Seu Neme já deu a ordem, pode *considerá* o serviço feito.

– Mamãe? – balbuciou Otília, um tanto confusa com o que ouvira. – Eu queria... aproveitar para mandar um recado à dona Azize.

A mulher pareceu preocupada que a filha a tivesse escutado.

– Deixe para outra hora, Otília. Estes senhores não vão voltar à casa dos Neme hoje. Se o recado for urgente, mandamos o Neco.

Mais confusa ainda, Otília viu a mãe encaminhar os homens para a porta, enquanto pensava que não poderia enviar Neco a lugar algum – já que Osório o mandara comprar fumo na cidade.

Na cidade. No armazém de Dianá.

Otília sentiu a costumeira dor de cabeça voltar. Osório mandando arrear o cavalo preto. Neco indo comprar fumo para o patrão. Firmina tratando de negócios com os jagunços de Neme...

Não queria pensar em nada daquilo. Mas não pôde evitar que, durante a tarde inteira, as palavras da mãe aos homens reboassem em sua mente.

Tenham certeza de que ela não escape...

A tarde ia em meio quando Tiana chamou Dianá no armazém.

– Está aí um menino do Coronel Osório. Diz que veio comprar fumo...

A moça sentiu uma friagem no peito, uma zoeira nos ouvidos.

– Deixe que eu atendo.

Com as mãos trêmulas separou o fumo preferido do Coronel, recebeu o pagamento e tentou puxar conversa com o moleque. Mas nada obteve; ele viera realmente *comprar fumo.*

Assim que ele saiu, respirou fundo e foi se preparar.

– Joaquim, o burro foi arreado como eu mandei?

– Foi, *sinhá*, levei o *Ruço* hoje cedo *pro* sítio de seu João, lá no fim da cidade – foi a resposta.

Tiana se aproximara. Era a única pessoa a quem Dianá contara sobre a fuga. A moça sorriu para ela, nervosamente. Antes de se encaminhar à saída dos fundos, disse displicente para o moleque, esperando que duas mucamas a olhar os doces ouvissem.

– Fique no armazém, Joaquim. Hoje não me sinto bem... vou deitar um pouco.

Não foi, contudo, para o quarto. Segurando com força o saquinho de couro que prendera ao pescoço, pôs um xale grosso sobre a cabeça, pegou um alforje que deixara desde o dia anterior trancado num armário, e saiu pela estreita porta que dava para a rua de trás. Tiana ficou a olhá-la afastar-se da cidade pelas ruelas menos frequentadas. Depois fechou a porta e foi sentar-se na varanda da frente.

Tiana era uma mulher já bem idosa. Sabia muita coisa do mundo. Sabia que não mais veria Dianá. Sabia que a afilhada tomara a decisão errada, jamais seria feliz com "aquele branco". Mas sabia também que ninguém podia mandar no coração dos outros.

Só não sabia que os dois homens desconhecidos, que da esquina em frente espreitavam a casa de secos e molhados, apenas esperavam anoitecer para atacar.

Quando a noite se aproximou, Osório deixou o escritório improvisado numa cabana próxima ao rio e foi verificar os arreios do cavalo preto. Sairia em poucos minutos, para estar na paineira da estrada do Mucugê em uma hora. Dianá com certeza já estaria lá, se tivesse saído logo que Neco chegara à cidade para "comprar fumo"...

Ele ansiava por se ver livre daquela cidade. A primeira coisa que faria, assim que estivessem bem longe, seria vender o diamante. Osório se tomara de verdadeira aversão à pedra, apesar de todo o seu valor. Baltazar, que o encontrara, estava morto. Ele mesmo, desde que o tivera em mãos, só vira problemas. A pedra poderia, na certa, carregar uma maldição.

Embora não fosse de forma alguma religioso, o Coronelzinho benzeu-se. Não devia pensar em maldições àquela hora, em que a noite caía. Melhor seria montar logo e ir encontrar Dianá antes que mais alguma coisa acontecesse.

Foi então que viu o clarão ao longe, avermelhando o céu na direção da cidade. A princípio pequeno, depois aumentando, denunciava alguma construção incendiada. Seria possível que...?

Não, Dianá já teria deixado a cidade há horas, segundo suas instruções. Ia finalmente montar quando notou a agitação dos garimpeiros junto ao rio, com um cavaleiro que chegara à lavra e apeava naquele momento. Reconheceu Terêncio, o rosto ansioso, correndo em sua direção.

– *Coroné*! Me ajude, venha comigo pra cidade!

– Que é isso, homem? O que é que está acontecendo?...

– *Atearo* fogo no armazém, meu *coroné*. *Inda* agorinha... corri lá, mas nem me deixaram chegar perto, a casa toda *tá* ardendo. A pobre da Dianá... Foi coisa feita, que eu sei. Vi um dos *excomungado* fugindo de lá. É um daqueles jagunços do *coroné* Neme.

Osório cambaleou.

– Neme... mas por quê?

– Tão dizendo que foi arranjado por dona Firmina mais dona Azize... por sua causa, *Coroné*. *Des* que Zé Popô andou dizendo que Dianá *tava* esperando filho seu, se falava que... mas era tudo mentira, não, seu *Coroné*? Mentira! E agora ninguém pode *tê* escapado do fogo.

Osório recuperou o sangue frio.

– Quando começou o incêndio?

– Faz meia hora. Assim que escureceu.

– Sei.

Sem nem mais uma palavra, o jovem coronel voltou para junto do cavalo. Para espanto de Terêncio, friamente ajeitou um alforje e remexeu nos bolsos, de onde tirou um saquinho de moedas.

– Mas... o *Coroné tá* todo aprumado pra viajar. Vai pra onde a essa hora?

Osório não respondeu. Ao invés disso, estendeu o dinheiro ao capataz.

– Lembra daquele nosso arranjo, Terêncio? Está na hora de acertarmos as contas. Tome aqui este dinheiro e compre o seu sítio... vou sair da cidade por uns tempos, mas volto logo e então espero lhe encontrar casado com alguma dona.

O capataz, com um olhar de desconfiança, não fez o menor gesto para pegar as moedas.

– Pra onde vai, *Coroné*?

– Até Chapada Velha ver uns negócios – mentiu.

Os olhos de Terêncio agora faiscavam. Ele podia ser um tanto bronco, mas quando estava desconfiado não era homem fácil de se enganar. A calma de Osório o havia denunciado.

– Ela *num tava* no armazém, *num* é, *Coroné*? Queimaram tudo mas ela *escapô*! Dianá... *vosmecê* vai se encontrar com ela, *num* vai? Vai *vendê* aquele maldito diamante e fugir com ela!

Osório já estava impaciente. Tinha ainda uma hora de cavalgada até o ponto combinado.

– Não sei do que está falando e, de qualquer forma, onde vou não é de sua conta. Volte para a lavra, Terêncio. Quando eu voltar, conversaremos.

Mas o capataz não o ouvia mais. Só pensava em Dianá, que julgara morta, mas que agora adivinhava em algum lugar, esperando para se encontrar com o Coronelzinho. Dianá...

– Ela *tá* lhe esperando, que eu sei. Mas onde? Onde?

Osório não teve tempo de montar. A faca já brilhava nas mãos de Terêncio antes que ele pudesse pedir ajuda. Escurecera totalmente, e já não se viam garimpeiros no rio. Quis gritar, chamando os homens, mas a ponta da faca do outro estava agora encostada em seu peito.

– Terêncio... o que lhe mordeu? Sempre foi meu homem de confiança! Eu ia lhe pagar aquele serviço, o dinheiro é bastante pra comprar um bom pedaço de terra.

A faca começava a rasgar sua roupa.

– Ela vai mesmo ter filho seu, *num* é? Pois Dianá nunca foi mulher pra *vosmecê*, fique sabendo. Ela devia ser minha! Eu ia *comprá* aquele sítio... ia *bamburrar*!

Osório finalmente compreendeu. Terêncio e Dianá? Impossível! Ela jamais gostaria de um homem como o capataz. Mesmo assim, ele devia ter tido esperança. E agora...

– Onde, *Coronê*? Pra onde *mandô* a minha Dianá?

Osório não era homem para enfrentar o capataz. Começou a tremer. Teve esperança de distrair o outro até que algum garimpeiro o acudisse.

– Ela vai ter um filho, Terêncio. Você não queria que eu deixasse a pobre moça lá, pra ser queimada viva por aqueles jagunços! Veja, pegue esse dinheiro, vai ficar bem na vida. Todas as morenas bonitas de Lençóis vão lhe cobiçar...

Osório sentiu a faca penetrar em sua pele.

– Onde?!

– A paineira, na estrada do Mucugê... mas se acalme, Terêncio. Pense um pouco. Eu...

O capataz não conseguia mais pensar. Osório tentou fugir, gritar, chamar a atenção de alguém. O outro, porém, tinha a agilidade e a fúria de um animal ferido de morte.

– Dianá vai ser minha, *Coroné*!

O cavalo preto relinchou e um escravo ao longe percebeu que algo estranho se passava com o Coronel e o capataz. A um grito seu, vários garimpeiros e dois capatazes correram para lá...

Terêncio guardou a faca, suja de sangue, no bolso do gibão. Pegou no chão o saco de moedas que o patrão tentara lhe dar. Num instante, montou o cavalo de Osório e galopou para longe da lavra.

Um garimpeiro se debruçou sobre o corpo do Coronel, caído de costas, os olhos abertos numa expressão de susto, como se não acreditasse no que estava acontecendo.

– Depressa, chame ajuda senão ele vai morrer! *Coroné*, fale comigo!

Osório, porém, já não ouvia. Apenas uma imagem ainda tomava forma em sua mente.

– ... o diamante...

Foram as últimas palavras do Coronel Osório Ferreira Mendes.

Dianá apeara do burrico e descansava junto à grande paineira. Um pouco retirada da estrada, a árvore era um marco para quem viajava de Lençóis a Mucugê. Para passar o tempo, a mulata passava em revista os pertences que trouxera nos *picuás* do animal. Algumas roupas, utensílios, os papéis que lhe asseguravam a liberdade, dinheiro, poucas joias que herdara do pai. Um bom farnel que duraria ao menos uma semana.

A moça, porém, tremia. Não de frio, que o calor da Bahia enchia a noite. Mas de medo. O diamante bruto, guardado no saquinho em seu pescoço, lhe trazia maus pressentimentos. Osório lhe dissera ser *infusado*, maldito. E se ele realmente trouxesse a morte a todos que o possuíssem?

Não. Ela era jovem, bonita, estava esperando um filho. Seu Coronelzinho logo chegaria e eles iriam para longe, muito longe da Bahia. No Sul. Na Corte. Ela nunca mais seria alvo de zombaria por ser filha de escrava. Teria roupas ricas, joias caras, rendas...

Percebeu o som de galope que se aproximava e, instintivamente, escondeu-se atrás do largo tronco da árvore. Era ele. Tinha de ser ele. Já tinham passado quase duas horas depois do anoitecer. Ele estava atrasado, mas estava chegando... Dianá apurou a vista: reconheceu o cavalo preto do Coronel. Porém... pela forma de cavalgar logo percebeu que o cavaleiro não era quem esperava.

– Dianá!

Ela viu Terêncio apear do cavalo de Osório, sem chapéu, a expressão assustada, as roupas mal-arrumadas, os olhos esbugalhados. E viu o bolso do gibão manchado de sangue.

– Seu *Terenço*?...

– *Noite*, dona Dianá.

Nem ao menos se espantou por ele saber exatamente onde encontrá-la.

– Que é do Coronel? Que é de Osório, *home*?

– Botaram fogo no armazém, Dianá. Diz que foi gente dos Neme, a mando dos Pereira Passos. *Queimô* tudo... os jagunços pensaram que *vosmecê tava* lá dentro.

A moça apoiou-se na árvore para não cair. O armazém... a herança de Quirino. E Tiana? E o moleque Joaquim? Tentou perguntar por eles, mas a voz não saiu. Terêncio continuava falando.

– O *Coroné* Osório morreu, Dianá. Numa... briga. De faca. Morreu! Morreu. Morreu...

A mulata sentara-se na raiz da paineira. Uma briga de faca. O sangue no gibão de Terêncio... Terêncio que a cortejara tantas vezes. A voz desta vez saiu, mas aguda, dolorida.

– Mentira! Ele vem vindo. Uma hora depois de escurecer, ele disse... Osório vem chegando... Vem chegando pra me *encontrá*... nós *vamo* embora pro Sul.

– Ele *tá* morto, dona. *Num* vem nem agora nem nunca! – gritou o capataz, irritado.

Durante algum tempo, nenhum dos dois falou. Fazia mais de duas horas que anoitecera. Com um suspiro, Dianá levantou-se e foi pegar o burrico.

Não chorava. Se Osório estava morto, ela não poderia voltar a Lençóis. Precisava ir embora dali, sumir, esconder-se em algum lugar.

– Escute, Dianá.

Ela agradou seu animal, montou, ajeitou o xale que caíra da cabeça.

– Escute – continuou o outro –, deixe eu ir mais *vosmecê*. O *Coroné* se finou, não tem volta.

Ela já fazia o burro seguir pela estrada, na direção do Mucugê. Terêncio correu à sua frente.

– Eu tenho dinheiro, Dianá, posso *comprá* uma terra pra gente morar. Um sítio. Deixe eu lhe proteger, criar seu filho como se fosse meu...

A mulata fez a montaria estancar e virou-se, olhando, no bolso do gibão dele, o cabo da faca.

– Nunca mais vai ver nem a mim nem ao meu filho, seu *Terenço*. Se tem amor à pele, monte o cavalo de Osório e suma! Aquela gente vai querer sua cabeça, logo vai ter jagunço *campeando* a Chapada inteira atrás de *vosmecê*. E trate de me esquecer... Eu e a criança morremos no incêndio.

Terêncio ainda ficou algum tempo sob a paineira, vendo Dianá sumir na curva da estrada que levava ao Mucugê. Depois montou o cavalo preto e cavalgou, mas na direção oposta. Conhecia muito bem as grutas do lugar, acharia onde se esconder.

A moça não parou de cavalgar a noite toda. Seguiu para o Sul, depois para o Leste. Passou vilas, comarcas, acampamentos de garimpeiros. A cada rio que atravessava, tinha ímpetos de arrancar o diamante que trazia, amarrado ao pescoço no saquinho de couro, e arremessar às águas. Diamante maldito, que causara a morte ou a desgraça dos que o tinham visto! Baltazar, Terêncio, Osório.

Talvez ela se livrasse da maldição devolvendo a pedra ao rio.

Não teve coragem, porém. Era valioso demais... E, se ela perdesse a criança, o diamante bruto seria a única lembrança que teria de seu homem.

Quando amanheceu, ela estava muito longe de Lençóis.

PARTE 3

3

CAMINHOS CRUZADOS

**Lençóis, Bahia, nos dias de hoje.
Domingo pela manhã.**

CAPÍTULO

IX

Bruno acordou suado, agitado. Tivera um pesadelo. Parecia ver à sua frente um jagunço vestindo um blusão de couro, o rosto oculto pelo chapelão. Na mão direita empunhava uma faca. E o sangue pingando da faca caía com estrondo, reboava nos ouvidos de Bruno e sacudia o chão como o desabamento que testemunhara na caverna.

– Pai! – gritou, confuso, abrindo os olhos.

Estivera sonhando? Seria tudo que vivera naquela semana, um pesadelo, que a luz da manhã dissiparia?

Rodolfo veio do banheiro, enxugando o rosto.

– Que foi? Um pesadelo?

O garoto sentou-se na cama, apertando a cabeça com as mãos.

– Acho que sim... Que noite horrorosa eu tive!

Rodolfo jogou a toalha de volta ao banheiro e sentou-se na cama do filho, rindo.

– Foram os acarajés que você comeu ontem à noite, depois que voltamos, no bar do Mestre Ambrósio. Eu disse que era tarde demais pra se encher de frituras.

Bruno bocejou, afastou as cobertas e olhou para a cômoda.

– Esquisito esse negócio de sonho. Parecia tudo tão real! Na hora que eu acordei, pensei que tivesse sido tudo parte do pesadelo. Os acarajés... o homem da faquinha vigiando a gente no bar... o velho morrendo na casa da Cora... e o diamante.

Rodolfo suspirou, foi até a cômoda e pegou o saquinho de couro que Bruno trouxera, depois de muita insistência do velho Agenor.

– Quem me dera que fosse só um sonho. Você não devia ter trazido isso pra cá, filho.

Bruno pegou mais uma vez o saquinho, tirou a pedra, deixou-a rolar de uma mão para outra.

– *Cê* ouviu, pai. O velho disse que ia dar pra mim... Ele não sossegou enquanto eu não jurei que ia ficar com o diamante.

– É melhor a gente não discutir esse assunto aqui no hotel. Vá trocar de roupa e vamos descer pra tomar café.

O menino guardou o diamante no saquinho e foi pegar roupa limpa na gaveta. Começava a achar graça nos medos do pai.

– Que foi, pai? *Cê* também acha que ele é maldito? Que dá azar?

Rodolfo tentou disfarçar o nervosismo, andando pelo quarto.

– Não diga bobagens. Essas coisas de maldição e mau-olhado são crendices de gente ignorante! O fato é que a pedra é valiosa demais, e pertence ao velho. Se ele morrer, como parece que vai acontecer logo, devia ir para a mão dos parentes.

Já vestido, Bruno saiu do banheiro ainda penteando o cabelo.

– Ele disse que não quer que os filhos dele peguem o diamante. Disse que é pra eu devolver pra terra.

– Acho que você ainda não percebeu quanto vale essa pedra bruta. É muito dinheiro! Muito mais do que você pode imaginar. E vai fazer o que com ela?

Os dois se encararam, sérios.

– Sei lá, pai. A gente pode vender lá em São Paulo. Ficamos ricos, ué!

– E vamos dizer o que pro Imposto de Renda? Nada é tão simples assim, filho. Você ouviu a história que o Agenor contou: o avô dele deu a pedra para a avó, que teve que sair da cidade fugida, e parece que nunca vendeu. Por que acha que a tal Dianá jamais se desfez do diamante, apesar de valer uma fortuna?

– Vai ver que pra ela só tinha valor sentimental...

Foi a vez de Rodolfo achar graça.

– Pense, Bruno. Uma mulher sozinha, naquela época, ainda mais filha de escravos! Se ela tentasse vender o diamante, ia ser chamada de ladra. Ia acabar sem a pedra, talvez fosse até morta. Esqueceu por que estamos aqui? Você sabe sobre os garimpos clandestinos e os fiscais do Ibama: ainda hoje tem quem mate por causa de diamantes!

Bruno suspirou e fechou a camisa por cima do saquinho.

– *Tá* legal, pai, vamos voltar lá hoje e devolver o diamante pro velho.

– Mas vamos logo. Já é tarde e não quero esperar o sol ficar muito quente.

Somente ao tomarem café no refeitório do hotel foi que Bruno reparou na pressa do pai. Desta vez ele não relutara em voltar ao casebre, nem mesmo inventara uma ida a Andaraí, como fizera antes. Parecia tão ansioso quanto o filho para ver Cora mais uma vez.

Pouco depois que o carro de Rodolfo deixou a praça Aureliano Sá e sumiu, o homem acocorado na calçada perto do hotel guardou a faquinha de cabo preto com que limpava as unhas sujas e se levantou. Foi em direção ao bar de Mestre Ambrósio, onde acenou para um dos costumeiros bêbados encostados ao balcão.

O bêbado, que agora parecia não ter bebido nada além de água, apontou com o nariz para uma mesa no canto mais escuro do bar. Sobre a toalha xadrez da mesa via-se um café da manhã bem sortido a ser apreciado pelo mesmo homem do terno branco. Aparentemente, aquele era um de seus pontos preferidos para "fazer negócios".

– *Dia, dotô* Teotônio – saudou o recém-chegado, sem parar de brincar com a faquinha.

O outro engoliu uma garfada de cuzcuz e nem ao menos olhou para o interlocutor.

– Hum – foi o único som que pronunciou.

Parecendo estar acostumado àquele tratamento, o homem da faquinha tirou o chapéu e puxou uma cadeira ao lado, sentando-se discretamente. O que fora chamado de *dotô* levou à boca, com apetite, mais uma garfada de cuzcuz. Que não o impediu de murmurar surdamente:

– Novidades?

O outro, porém, parecia não ter pressa. Entretinha-se a encaixar a ponta da faquinha na fita surrada do chapéu, que deixara sobre os joelhos. Afinal, respondeu com outra pergunta:

– Alguma. E a minha pedra, *dotô*?

– Vendi por dois mil *dóla*. Fale com o Bira, que até amanhã *acertamo* tudo. Agora me conte do assunto que eu quero saber.

Em voz baixa, sem tirar os olhos do chapéu, o homem narrou todos os passos que Rodolfo e Bruno haviam dado nos últimos dias. Com exceção do caso do desabamento da gruta, ele parecia saber de tudo que os "turistas" tinham feito em Lençóis.

– *Antão, dotô* Teotônio, é como eu disse pro Derino. Parece que *tão* mesmo só de *viage*. Seu informante de *São Salvadô* pode até *tê* razão, mas pra mim esse aí *num* é espião do Ibama, não. Ele anda se engraçando com aquela dona lá de perto do rio. A que diz que é bruxa – terminou ele.

Um olhar do outro o fez calar-se. Mestre Ambrósio estava bem ao lado, orelhas esticadas, fingindo limpar a mesa próxima com um pano muito encardido.

– Quer mais alguma coisa, *dotô*? – balbuciou o dono do bar ao ver-se observado, o sorriso servil brotando rapidamente.

– Pra mim não – foi a resposta. – Mas traga uma bebida aqui para meu *cuntratado*.

Enquanto o Mestre ia buscar uma medida da pinga mais barata, desejando ter ouvido mais daquela conversa confidencial, o homem da faquinha arrematava a história.

– Hoje *saíro* pros lado de Andaraí. De noite o Bira dá notícia, se *foro* de novo pra casa da tal *mulé*, eu aviso o senhor.

– Viram o que botaram no Correio daqui? – resmungou o *dotô*, entre duas colheradas de doce de coco mole.

– *Olhamo* tudo – respondeu o homem com um menear de cabeça. – Só cartão postal pra São Paulo. E as fotografia só tem *paisage*, coisa de turista. *Adispois*, é sempre o *m'nino* que tira. O pai acho que *tá* interessado mesmo é em rabo de saia.

Riram, exibindo os dentes falhos de um e as obturações a ouro do outro.

Ambrósio, trazendo o copo de pinga, depositou-o sobre a mesa e riu junto.

– Mas me conte qual é a graça, *dotô* Teotônio?

– Nada demais, *causos* do garimpo... – resmungou o homem, a palitar os dentes. – Me diga uma coisa *ocê*,

Ambrósio. Por que me alertou sobre o tal *dotozinho* com o filho? *Num tá* parecendo que ele veio *xeretá* lavra, não.

O outro sacudiu os ombros com o ar de quem não se importava com aquilo, nem com nada.

— Pois veja, *dotô* Teotônio, eu *num* sei muito de *xeretação*. O *sinhô* me paga pra dar serviço de gente estranha que aparece sem ser *nos* ônibus de turismo, aí eu *dô*. Só sei disso.

Teotônio congelou o sorriso, deixando cair o palito dos dentes.

— Pois *tá* me parecendo que *vosmecê* sabe *xeretá* muito mais do que diz.

Ambrósio riu espalhafatosamente, sacudindo a mesa e fazendo o homem da faquinha derramar metade da aguardente que tomava.

— O *sinhô se alembra* do tempo que em Lençóis, na feira, se vendia beiju de coco, bolo de milho e de aipim, cuscuz embrulhado em folha de bananeira? No meio de tudo, dentro das *bruaca* de melancia e *abóbra*, as *mulé* passava diamante escondido pro *atravessadô*...

— E daí?

— Daí — continuou Ambrósio —, que meu avô era dono deste bar e via tudo isso *acontecê*, mas nunca abriu a boca pra falar, nem pra *puliça*, nem pra ninguém. O que ele ouvia entrava por uma *oreia* e saía pela *otra*. Sabe, *dotô*, eu *sô que nem* meu avô. Vejo e ouço muita coisa, mas esqueço depressinha...

A risada do Mestre ainda o sacudia, enquanto anotava a despesa na caderneta e via o chefão com seu jagunço deixarem o bar.

Cora, sentada na varanda da casa, observava Bruno e Rodolfo. Servira canja de galinha em pratos de folha aos dois, apesar dos protestos de Rodolfo.

– Você não vai almoçar? – perguntou ele depois de alguns minutos, incomodado com o olhar da mulher.

– Não – respondeu ela, num suspiro. – Estar perto da morte sempre me tira a fome.

Bruno quase engasgou com uma asa de galinha. Olhou-a com os olhos apertados.

– Mas o velho melhorou, Cora! *Tá* dormindo desde que a gente chegou. Ontem ele *tava* muito pior. Tinha dor, *tava* agoniado, contando aquela história maluca.

A mulher deixou a varanda e andou em frente à casa.

O sol fez brilhar seus cabelos, o vento fez dançar a saia desbotada.

– Quanto mais quieto, mais perto a morte anda. E a história dele não era maluca, de jeito nenhum.

Rodolfo pôs de lado o prato de folha vazio e saiu da sombra da varanda para o sol.

– Pensei que a maior parte fosse delírio causado pela febre. Aliás, se não fosse ele mostrar a pedra, não teria acreditado numa única palavra do que disse. Alguém querer se livrar de uma fortuna dessas...

Cora riu com sarcasmo, andando ao sol na direção do rio.

– É, o pobre coitado não sabe como é bom ser rico. Ter propriedades, carros, empregados, jagunços, matadores à disposição, dinheiro no banco, joias no cofre, dólares, comida e bebida à vontade. E os abutres em volta, esperando você dar um passo em falso para disputar a carniça.

Rodolfo seguiu mecanicamente atrás dela, sem perceber que estavam se afastando da casa.

– Olhe, não tenho nada a ver com a sua vida – disse, afinal, quando ela parou junto à margem do riozinho e ficou a olhar a água. – Se quer fugir da civilização e se embrenhar no meio do mato, problema seu. Mas desde o começo devia ter deixado que eu levasse o velho para um hospital. O que vai fazer quando ele morrer? O que vai dizer à polícia? Vai enterrar o corpo no quintal?

Ela se voltou e olhou-o desafiadoramente.

– Exatamente, o problema é meu. Se está tão preocupado em não se encrencar, pegue seu carro e volte pra São Paulo.

– E vou mesmo, assim que Bruno devolver o diamante ao velho.

Deu-lhe as costas, dirigindo-se para a casa. Cora o impediu, segurando-lhe o braço.

– Ele não vai querer de volta. Deu ao menino de propósito, pediu que devolvesse a pedra para a terra. Não vê que ele precisa disso? Quer se livrar da maldição pra poder morrer em paz.

– Não me venha também com essa história de maldição! Você não é ignorante, Cora. Sabe perfeitamente que isso tudo é crendice: o velho não diz mais coisa com coisa! A febre...

Ela largou o braço dele e sentou-se numa pedra.

– A febre não tem nada a ver com o que ele contou. Eu conheço a história... não com tanto detalhe, mas pelo menos a parte principal. Está nos escritos dos historiadores, nas atas da cidade, nas narrativas de cordel. Quantas vezes ouvi minha avó contar o caso dos amores do Coronel Osório com a tal mulata...

– Então essas pessoas existiram realmente? Dianá, Osório, Otília?...

– Olhe à sua volta, seu Rodolfo. Está vendo o cenário onde a história de Agenor aconteceu: estas terras faziam parte da fazenda do Coronel Osório. Eu descendo em linha direta de dona Otília Pereira Passos. Quando o marido foi morto pelo tal capataz, ela ainda não sabia, mas estava grávida. E teve um menino, que veio a ser meu avô.

Ela voltou a passear o olhar pelo vale. Rodolfo quis dizer alguma coisa, porém, calou-se. Cora agora falava como se não fosse para ele, e sim para si própria.

– As lavras de diamante já não davam nada e eles foram vendendo as terras. Quando papai era pequeno, meu avô quis ir pra Minas criar gado. Vovó não quis ir, então vovô foi embora, deixou a mulher e duas filhas, só levou meu pai. Ganhou muito dinheiro com gado leiteiro em Minas, depois se meteu a plantar café em São Paulo. Nunca mais voltou, morreu por lá. Mas meu pai vinha todo ano, depois que se casou lá em Minas. Eu me lembro de vir a Lençóis nas férias, até que vovó morreu. Meu pai vendeu a fazenda e só ficou com este pedaço de terra na Bahia.

Ele ia dizer algo, mas ela respondeu sua pergunta antes que fosse pronunciada.

– As irmãs de meu pai nunca se casaram. Eu sou a única herdeira: Cora Pereira Passos Ferreira Mendes. Depois tive um nome de casada, mas não usei por muito tempo. Tive marido e filho. Se bem que você já deve saber sobre isso, não é? Na cidade devem ter lhe contado sobre o acidente.

Ele sentiu o rosto ficar vermelho e apenas fez que sim com a cabeça. Ela se levantou da pedra e arrancou um pequeno arbusto verde-escuro do meio ao mato.

– Foi na estrada, indo de Betim para Belo Horizonte. Um caminhão... Disseram que foi instantâneo, eles não sofreram. Mas a gente nunca sabe, não é?

Rodolfo sentiu o vento soprar o perfume dela em sua direção.

– Não, a gente nunca sabe.

– E desde então eu vim pra cá. Virei bruxa, curandeira, parteira. "Encantada", eles dizem...

– Encantada... – repetiu Rodolfo, olhando-a.

Alguma coisa no ar ou no sol parecia agir sobre ele. A imagem de Cora em sua mente começava a se confundir com o vento, com a terra, com a história, com os diamantes. Pedra bruta escondendo um brilho de muitos quilates.

Ele jamais soube se foi por encantamento ou não, mas no momento seguinte estava mergulhado naquele perfume, beijando Cora sob o sol forte.

Então ouviu o grito de Bruno.

O garoto vinha pelo mesmo caminho que eles tinham feito, acenando com aflição.

– Pai! Cora! O velhinho... ele acordou e *tá* muito mal!

Ela correu para a casa e deixou Rodolfo paralisado por alguns instantes ao lado da pedra onde ela estivera sentada, imaginando se Bruno vira o beijo trocado por eles.

Demorou bastante até que as infusões de ervas preparadas por Cora acalmassem a crise que tomara conta do velho Agenor. Rodolfo insistira para que Bruno esperasse no alpendre, enquanto ele ajudava a mulher a limpar o sangue que o doente expelia em acessos intermináveis de tosse. Mas o garoto se recusou a sair e ficou junto à porta. Não trocou nenhuma palavra com o pai, o que fez Rodolfo desconfiar que o filho testemunhara mesmo a cena do beijo.

Finalmente a respiração de Agenor se calmou e ele ficou deitado, reunindo forças, os olhos sempre fixos em Bruno. Ao fim de algum tempo, sorriu e falou fracamente.

– *Inda num* foi dessa vez. Mas logo logo eu me vou.

– Não fale, seu Agenor – repreendeu-o Cora. – Descanse e guarde as forças.

– Pra quê? *Melhó* pôr tudo pra fora antes de morrer, *fia*. *Ocês num* sabem, mas a maldição dessa pedra do demo *num* tem fim. *Adispois* de *acabá* com o Coronel, o capataz e *voinha* Dianá, trouxe a desgraça pra minha mãe Osória.

Rodolfo arregalou os olhos.

– Osória? Então Dianá teve uma menina?

O velho respirou fundo, tentando não sentir a dor no peito e reunir mais forças para falar.

– Foi *ansim*. Dianá se *ajeitô* numa vila onde hoje é Poções, perto de Itabuna. Lá nasceu *mainha* Osória e lá ela cresceu *bunita* feito a mãe. E quando *ficô* moça, *cabô* caindo na conversa *dum* comendador plantador de cacau em Itabuna. Venha cá, *m'nino*, venha ouvir o resto do que eu tenho pra *contá*. Venha ouvir como esse diamante veio *pará* cá comigo.

Vagarosamente, Bruno se acercou do banquinho junto à cama.

Pegou o saquinho de couro que trouxera e ficou sentindo o peso do diamante, enquanto ouvia Agenor narrar o restante da história.

Itabuna, Bahia, 1924.

CAPÍTULO

Osória caminhava apressada pela rua estreita. Os sapatos de salto alto não ajudavam a caminhada sobre o calçamento irregular; irritada, a moça os arrancou e seguiu descalça, agora sim com rapidez. Alguns desocupados que conversavam junto a um bar pouco iluminado na esquina alongaram o olhar para apreciar as canelas da moça, brotando sedutoras do vestido de seda florida.

Osória sempre chamava a atenção ao passar. Herdeira da beleza da mãe, com a tez e os olhos claros do pai, embora aparentasse apenas vinte anos, já passara dos trinta. A moça não se incomodava com os olhares que atraía. Era respeitada em Itabuna já há alguns anos, pois ninguém ousaria enfrentar a fúria do conhecido Comendador Rubino e seus jagunços. E ela, acostumada às crises de mau-humor de seu protetor, não dava razão para qualquer comentário a seu respeito.

Afinal, Osória chegou a uma fileira de sobradinhos estreitos, parou em frente a um deles e subiu aos pulos a pequena escada que dava na porta. Na saleta iluminada a lampião, já escura àquela hora de fim de tarde, a moça viu uma velha mulher sentada sobre um baú que parecia ter enfrentado por décadas o sol dos sertões da Bahia.

– Mãe! – exclamou ela, assustada ao ver a fraqueza que aparentava a outra. – Mas que ideia essa, vir pra Itabuna sozinha! Quando o moleque me avisou, nem acreditei. Por que não mandou me chamar, se estava doente? Eu podia ter ido até Poções.

A velha senhora aprumou-se no assento improvisado e olhou a filha de alto a baixo. Depois sorriu, um sorriso muito branco e aberto, que conferia ao rosto marcado pela idade um pouco da antiga beleza.

– Nunca fui mulher de mandar aviso, filha. Sempre fiz o que me deu na ideia e *num* ia mudar de jeito só porque a morte anda me *campeando*.

Osória riu, exibindo o mesmo sorriso sedutor da mãe.

– Morte? Deixe dessa conversa, mãe. Está pra nascer o *carapina* que vai lhe martelar o caixão. Venha sim é deitar um pouco, que a viagem deve ter sido cansativa. E saia de cima desse baú velho, que mania!

– Vou, filha, me ponha onde quiser me *ponhar*, mas antes me deixe ver o *m'nino*.

A dona da casa fez um sinal para uma porta ao fundo, por onde uma garota descalça, com jeito de criada, espiava.

– Nica, traga o Agenor.

Logo mais a mocinha encaminhava à saleta um garoto mirrado que, arrancado do sono, esfregava os olhos avermelhados.

– Tome a *bença* de sua avó, filho.

O garoto tomou a mão magra da avó e beijou-a timidamente. A velha, depois de observar por algum tempo o porte do neto, o abraçou.

– Continua tendo a testa orgulhosa do avô, sem tirar nem pôr. E os olhos. Como é mesmo seu nome, *m'nino*? Conte pra vó Dianá.

A voz ainda um tanto engrolada pelo sono, o garoto respondeu.

– Agenô Maron de Lemos.

– Nome bonito, de homem valente – aprovou a avó, em seguida olhando a filha. – E o Comendador, *num* falou mais nada de dar nome a ele, Osória?

A moça suspirou e olhou o teto, dando a entender que não queria falar no assunto em frente à criada ou ao garoto. A velha assentiu com o queixo e apoiou-se no menino para erguer-se do baú em que continuava sentada.

– Então toca a descansar um pouco. Lembra, Agenor, no ano passado, quando *ocê* foi mais eu e sua mãe *passeá* na caverna da Torrinha?

O pequeno fez que sim com a cabeça. Tinha sido um dia inesquecível.

– Lembra *das* história que eu lhe contei naquele dia, *dos* diamante que saía do fundo da terra? Pois hoje, depois da janta, vó Dianá vai lhe contar *otra* história. Uma história bem *cumprida*...

Os olhos do garoto faiscaram.

– É história de soldado, vó?

Osória e a mãe trocaram um olhar, um quase sorriso. E foram juntas para o quarto.

À noite, sem a presença da garota que Osória pagava para olhar o filho, Dianá pegou o neto no colo e contou a história de sua vida, tal como havia contado inúmeras vezes à filha, quando era pequena: narrava a realidade, dando-lhe jeito de história de Trancoso.

Porém, Osória logo foi se chegando, intrigada: notara que o conto que Dianá desfiava era diferente do que ela se lembrava de ouvir na infância. Era diferente num detalhe fundamental: jamais escutara sua mãe mencionar um diamante.

– Que diamante é esse, mãe? *Num* me ponha *bestage* na cabeça do *m'nino*!

Dianá riu-se.

– *Bestage*? Vou lhe mostrar a *bestage*. Sei que nunca falei disso quando era pequena, mas é que *inda* tinha medo da *puliça* descobrir. Agora que a morte me *aperreia*, tenho medo mais não. Ouça, Agenor. Faça uma coisa pra *voinha*. Abra ali a tampa do meu baú.

O garoto pulou do colo da avó e abriu com facilidade o baú. Imaginava que coisas a avó teria ali dentro, mas só viu xales, saias e uma moringa de barro aninhada num canto.

– Já abri, vó.

– Pegue a moringa de barro.

Com as mãozinhas inseguras, ele tomou o objeto, que parecia pesado para sua curta força, e trouxe para o colo da velha mulher.

Osória riu ao ver a moringa.

– Mas minha mãe, *inda num* se desfez dessa velharia? *Des* que era do tamanho do Agenor, vejo essa moringa esquecida num canto de sua casa!

Dianá fez que sim com a cabeça, olhando a peça de barro com os olhos úmidos. Depois, colocou-a de volta nas mãos do neto e ordenou:

– Agora jogue no chão e quebre, *fio*.

O menino olhou espantado para Osória, que por sua vez olhou espantada para a mãe.

– Quebrar a moringa? Mas por quê?!

A velha, porém, apenas sorriu para o neto.

– Quebre, Agenor. Sua *voinha tá* mandando!

Ele riu, como numa brincadeira, e, com toda a força de seus cinco para seis anos, estatelou a moringa no chão. Com um ruído que reverberou no soalho rústico, centenas de caquinhos de barro se espalharam pelo quarto. No lugar marcado pela queda, um saquinho de couro apareceu em meio ao barro moído. Dianá apontou o objeto com o queixo.

– Pegue e leve pra sua mãe, fio. É dela agora.

Osória segurou o saquinho com as mãos trêmulas. A história contada pela mãe, que ela sabia de cor de tanto ouvir, passava por sua mente em detalhes. A paixão pelo Coronel, os presentes do amado, a fuga de Lençóis, o incêndio de que escapara por pouco. A morte do Coronel pela faca do capataz sempre lhe parecera um romance, como os dos folhetins. Agora, depois de ouvir a história

contada a seu filho, Osória começava a achar que, na desgraça de sua mãe, outro motivo havia, além da paixão. Um motivo pelo qual os homens enganam e matam com facilidade.

Susteve a respiração ao sentir o diamante bruto nas mãos. Por alguns minutos, mãe e filha apenas se olharam, enquanto o garoto ria, brincando com os cacos da moringa.

Afinal, Dianá falou, e sua voz parecia cansada, envelhecida.

– Ele é seu agora, *fia*. Vale muito dinheiro, mas eu nunca pude vender. Tive medo da *puliça*, de ser chamada de ladra, de que me matassem *por mor* da pedra.

Osória rolava o diamante de uma mão para outra.

– Já faz tanto tempo, *mainha*... quem ia saber que foi de meu pai? Podia ter vendido depois de uns anos e a gente não tinha passado tanta dificuldade na vida, tanta pobreza.

A velha senhora suspirou. Sua voz soava mais fraca a cada minuto.

– Quem sabe, Osória? Eu lhe dei o nome igual ao de seu pai, e quis lhe guardar a fortuna que era pra ser dele. Na minha mão, essa pedra só trouxe desgraça. Osório me disse que era *infusada*, coisa *do demo*. Eu tive medo dela. Podia me castigar mais ainda, por eu ter me *amasiado* com ele.

A filha olhou-a com o ar apreensivo.

– Mãe, acha mesmo que um diamante pode ser *maldiçoado*?

– Pode ser que a maldição fosse pra mim e Osório só... *ocê num* tem culpa de nada. Fique com ela pra seu filho. Vá pra *Salvadô* e venda a pedra, Osória: saia dessa vida de ser *quenga* de Comendador.

A moça olhou o diamante junto à luz do lampião. Sentiu um calafrio na espinha: seria mesmo uma pedra maldita? Olhou o filho a brincar com os pedaços de barro, alheio à fortuna que sua mãe segurava nas mãos. Sim, ela venderia o diamante; iria embora de Itabuna. Seu filho não sofreria necessidades como ela e a mãe sofreram. Aquele diamante faria sua felicidade.

Osória devolveu a pedra ao saquinho de couro onde ficara guardado por décadas.

Dianá suspirou e fechou os olhos. Sabia que agora não ia demorar muito. Não tinha mais o que esperar a não ser que a morte a levasse para junto de Osório.

Itabuna, Bahia, 1926.

O Comendador Rubino mediu, dos pés à cabeça, o jagunço do outro lado da mesa.

– *Antão* posso ter certeza de que a moça anda direito?

O homem assentiu, pouco à vontade por estar na sala particular do patrão, forrada de tapetes e cheia de quadros na parede.

– *Tocaiamo* dona Osória mais de um mês, Comendador. Botei os *home* de mais confiança no serviço. Eu mesmo vigiei a casa dia e noite: nenhum moço é besta de *olhá* pra ela. Todo mundo sabe que é protegida do Comendador.

O patrão abanou a cabeça, preocupado.

– Eu também acho que Osória *num* ia ligar pra outro *home*, Bento. Mas por que ela anda fugindo de mim? Faz mais de ano que deu de *ficá* arredia, nem o *m'nino* quase eu vejo. *Tá* sempre na casa de uma comadre, uma vizinha. Sei não, Bento. Sei não.

O outro fungou, querendo logo terminar o assunto e ir-se embora da sala atapetada.

– *Mulé* é *ansim* mesmo, seu Comendador. Nunca *tá* satisfeita.

– *Premero* foi a morte da mãe, que *deixô* a morena meio *avuada*. Foi lá pra Poções *pegá* as coisas da mãe e *demorô* pra mais de três *mês*. Se *num* fosse os jagunço de confiança que botei pra olhar ela, ia pensar que tinha se engraçado com algum espertinho. *Adispois* foi a doença do *m'nino*, que me fez *té* mandar vir *dotô* de Ilhéus.

– Mas se o *m'nino* é seu filho, Comendador – foi o comentário do outro.

– Acho que é, mas com *mulher-dama*, quem pode saber?

– Pois eu mais meus jagunço *podemo* jurar que *adispois* do senhor Comendador, dona Osória não olhou pra mais ninguém – assegurou Bento.

– Aí o *m'nino* sarou e ela continuou arredia. *Inda* me acompanha, mas *num* é igual era antes. Parece que alguma coisa *aperreia* essa morena, *des* que a mãe morreu. Que será, Bento?

O jagunço abanou a cabeça, imitando o gesto anterior do patrão.

– Coisa de *mulé*, seu Comendador. Coisa de *mulé*.

– Bom, pode ir, Bento – suspirou o outro. – Mande continuarem de olho no sobrado.

– Pode deixar, patrão. *Alicença*, preciso render os dois que ficaram na cidade.

Bento deixou a sala num suspiro de alívio. Não gostava de ficar discutindo em salas cheias de coisas caras. Fora da casa da fazenda, ia se preparando para voltar a Itabuna quando viu um de seus homens chegar apressado, o cavalo em que vinha montado demonstrando exaustão.

– Que foi, *home*? Que bicho lhe mordeu?

– Foi a moça, Bento – foi a resposta ofegante do outro, ao desmontar. – Ela sumiu!

O jagunço franziu a testa, intrigado.

– Quê? Dona Osória?

– Não *tá* em casa, nem em lugar nenhum! *Ficamo* de tocaia lá faz dois dias, e bem que *estranhamo* que ninguém saía nem entrava no sobrado. Aí, hoje de manhã, aquela moreninha foi lá.

– A tal de Nica? Que cuida do *m'nino*?

– Ela. Entrou, ficou um tempo e saiu com uma trouxa de roupa. Aí nós *demo um aperto* nela. Só então descobrimos que dona Osória viajou faz uns três dias! Sem dizer pra que lado ia.

– E o filho?

– Não *tava* lá, fazia uma semana. Ela deve ter mandado o *m'nino* pra casa de alguém, já pensando em sumir. Só pode ter saído de madrugada, nem sei como! Eu mais Zito não *arredamo* o pé daquela rua.

Bento respirou fundo, incrédulo. Três dias? Ela poderia ter ido para qualquer lugar naquele espaço de tempo. Para Ilhéus. Para Salvador. Se se pegasse na capital, nunca mais poriam os olhos nela. Como podiam, homens experimentados na tocaia, testados nas tramoias políticas da terra, terem-se deixado enganar por um rabo de saia?!

– E agora, Bento?

O outro olhou ressabiado para a porta da casa grande da fazenda.

– Agora? É contar pro Comendador. Ele não vai gostar, viu? Não vai gostar nem um tiquinho...

Bento estava certo. Seu patrão ficou furioso com o sumiço de Osória; mas por mais que investigasse e mandasse procurá-la, não pôs os olhos nela e no menino outra vez.

Jamais soube se o garoto, já com oito anos, era realmente seu filho.

Quanto a Osória, não tivera paz desde a morte da mãe. Angustiava-se com a fortuna que carregava consigo, guardada naquele saquinho de couro. Tentara conseguir comprador para a pedra em Poções, mas tudo que obtivera com suas indagações fora despertar suspeitas.

Não confiava no Comendador; sabia que ele, ou qualquer outro *graúdo* de Itabuna, seria capaz de mandar matá-la para ficar com aquilo.

Assim, deixou o tempo passar e preparou sua fuga. Possuía alguns valores, dinheiro guardado, frutos da longa convivência com o Comendador Rubino. Uma semana antes, deixara Agenor com uma comadre que estava de partida para Jequié. Numa madrugada de chuva, saíra da cidade. Encontraria a comadre no caminho de Jequié e seguiria para a capital.

Com o filho. E com o diamante.

Salvador, Bahia, 1968.

CAPÍTULO

XI

A diferença de temperatura da cidade alta para a cidade baixa era grande. Agenor, suando sob a camisa, resmungou, pensando que havia se desacostumado à agitação da capital, depois de tantos anos trabalhando na zona rural. Passando por entre as ruelas desiguais, evocava a infância vivida em Salvador. Muitos anos haviam se passado.

As lembranças da vida em Itabuna eram distantes demais para que ele, agora com quase cinquenta anos, pudesse recordá-las com precisão. Lembrava, porém, com nitidez, da avó e da história que ouvira dela – depois repetida à exaustão pela mãe, nas muitas e muitas noites de insônia que tinham marcado sua infância e adolescência.

Dianá, o Coronel, o incêndio, a fuga... Ele podia repetir cada palavra daquele conto fabuloso, Contudo, crescera imaginando se sua mãe e sua avó teriam, na verdade, inventado a história sobre o diamante.

Pois a vida de mãe e filho em Salvador fora sacrificada, temperada de dificuldades. Se houvesse mesmo um diamante valioso, por que Osória passara os anos trabalhando duramente, como cozinheira, para sobreviver? Por que envelhecera quase que escondida numa pensão humilde, mal tendo como manter a si e ao filho, evitando toda referência a Itabuna?

Quando chegou à pensão, que lhe pareceu ainda menor do que se lembrava, Agenor arrependeu-se por não ter insistido com a mãe para ir morar com ele na fazenda em que trabalhava, nos arredores de Feira de Santana.

Morava lá fazia mais de vinte anos. Embora a vida fosse sempre atribulada, dava-se bem com a mulher, Zizete, e tinha dois filhos: Licinho e Maria.

Osória estava deitada na velha cama, no mesmo quarto de sempre – o mais escondido e humilde da pensão. Virou-se com dificuldade para olhar o filho; a extrema magreza e o ar distante deram a Agenor a certeza de que aquela seria a última vez que veria sua mãe com vida.

A filha de Dianá ostentava, marcados na face, cada um de seus oitenta anos de labuta.

– Filho... – ela murmurou, num sorriso. – *Inda* bem que veio logo. Senti saudade.

O homem forte e maduro que era Agenor deixou escapar o mesmo sorriso que tinha quando criança, cheio de confiança. Entre ele e a mãe os laços eram muito estreitos, fortalecidos em quase cinquenta anos de convivência.

Apesar da distância, a sintonia entre eles era perfeita.

– Mãe, por que não foi morar comigo em Feira? Olhe como está fraca, aqui sozinha...

Com um suspiro, a velha mulher sentou-se na cama.

– Pra que dar trabalho? Você tem Zizete, as crianças... E como vão meus netos? Faz mais de ano que não vejo Maria e Licinho.

Os próximos minutos de conversa foram dedicados a um relatório afetivo sobre os filhos e a mulher. O rapaz tinha quinze anos e já trabalhava na mesma fazenda que o pai. A garota, Maria, completara oito. Ambos, segundo o pai, *pulavam miudinho* nas mãos de Zizete; a esposa de Agenor era mulher de fibra e coordenava a vida do marido e dos filhos com segurança. Viviam bem, apesar do pouco dinheiro e do trabalho duro.

Ao anoitecer, Osória parecia ter enfraquecido ainda mais. Agenor alarmou-se quando ela, com os olhos brilhantes de febre, amarrou na conversa a velha história dos amores entre a mãe e o pai.

– Por que relembrar essa história antiga, mãe? – perguntou, incomodado, andando pelo quarto exíguo. – Sei tudo de cor, melhor que os *causos* do Pedro Malazartes. Vó Dianá, o Coronel, Lençóis, o diamante.

A velha, voltando a se deitar, suspirou.

– O diamante... Nunca me acreditou quando eu e sua avó contamos a história dele, não é?

Agenor riu, olhando ao redor como que para conferir a pobreza da pensão.

– *Ara*, mãe, se *voinha* Osória tivesse mesmo um diamante de valor, *num* tinha morrido na miséria em Poções. Nem eu mais minha mãe tínhamos vivido trabalhando tanto a vida inteira... Um diamante vale muito dinheiro. Dá pra comprar uma casa, uma fazenda, muita coisa!

– Vai dar, filho, pra *ocê* que é *home* – foi a resposta da velha. – Eu e sua avó com esse diamante na mão só ganhamos ameaça e medo. Foi a maldição. Mas isso vai mudar. Eu não vou viver muito mais, e chegou sua vez de guardar isso.

Ele viu, incrédulo, sua mãe abrir a camisa branca que cobria o corpo enfraquecido e desprender do pescoço um saquinho de couro que a vira carregar sempre.

Viu-a abrir o saquinho e colocar em suas mãos uma pedra que, a princípio, julgou ser apenas um seixo comum.

– Mãe, isso *num* vale nada. É só uma pedra qualquer...

Para sua surpresa, a velha desatou a rir.

– Por essa "pedra qualquer", *m'nino*, morreu seu avô, sua avó quase foi morta, e eu tive de passar a vida me escondendo. Cada vez que mostrava essa pedra *infusada* pra alguém, querendo vender, me olhavam com jeito de mandar matar... Mas *ocê* é *home* feito, pode negociar de igual pra igual com atravessador.

Agenor rolou a pedra na mão. Devolveu-a ao saquinho de couro. Começava a acreditar que talvez aquilo fosse, mesmo, um diamante valioso.

E se fosse... poderia vendê-lo na capital, botar dinheiro no banco, talvez comprar uma terrinha e tirar Zizete da vida difícil de lavar roupa dos outros na beira do rio.

– Mãe – disse, subitamente –, vou ver se isso tem mesmo valor. Me espere. Se tudo der certo, amanhã cedo lhe carrego pra Feira de Santana comigo.

– Eu não saio mais desta cama, Agenor – a mulher mexeu a cabeça em negativa. – Tenho oitenta anos e cansei de fugir dum canto pra outro. Vou morrer aqui mesmo. Mas venda logo essa pedra *maldiçoada*. Ela precisa parar de atrair desgraça pra nossa família! *Quanta vez* pensei em jogar no fundo de um rio bem fundo... Se eu fosse *home*, tinha ido a Lençóis e devolvido pra caverna de onde saiu. Pra terra.

Osória parecia ter febre: continuou resmungando frases sem nexo sobre a maldição. Agenor chamou uma conhecida na pensão para cuidar da mãe e saiu pelas ruas de Salvador à procura de um ourives ou negociante com quem avaliar a pedra.

Sua mente divagava: relembrava a história da mãe e da avó, remoía as suspeitas de que o objeto que carregava era amaldiçoado, dava azar.

As dezenas de igrejas da capital baiana o atraíam; toda vez que passava por uma, não podia evitar benzer-se, supersticiosamente.

Procurou por lojas no centro e algumas mais afastadas. Entrou em várias, porém não teve coragem de entrar nas mais finas, sempre cheias de gente bem-vestida. E sentia o medo aumentar a cada hora que passava, a cada olhar desconfiado que recebia.

Anoiteceu, e os sonhos de enriquecer começavam a se desvanecer; mas ele prosseguia, a mão agarrada ao saquinho de couro oculto sob a camisa. Passou a noite inteira e a manhã nas ruas.

Quando voltou à pensão, no dia seguinte, Osória já não vivia.

Agenor *carpiu* a mãe, chorou amargamente até que outra noite caiu sobre Salvador.

Os conhecidos da pensão, vizinhos e outras pessoas que haviam convivido com Osória não compreendiam a angústia do filho. Não podiam saber que seu desespero era mais profundo que o pesar pela morte da mãe idosa.

Agenor chorava, pois compreendera que jamais conseguiria vender a pedra. Era valiosa demais. Nos olhos dos negociantes a quem consultara, vira surgir a cobiça instantânea. Um deles até ameaçara denunciá-lo à Polícia como ladrão de diamantes! Outro fora mais sutil e mandara dois homens mal-encarados emboscá-lo. Os sentidos aguçados de Agenor o salvaram por pouco; entrara numa igreja e acabara despistando os perseguidores.

Na igreja, tentando rezar em frente ao altar, ele apenas conseguira balbuciar a velha história decorada, que começava numa caverna em Lençóis e terminava ali, com aquela fortuna amaldiçoada em suas mãos.

Sentia-se abandonado por todos os santos de sua devoção, sentia-se de repente envolvido – para sempre – pela maldição daquela pedra.

Somente deixou a pensão após o modesto enterro, que duas amigas da mãe, quase tão velhas quanto ela, acompanharam. Evitando passar por perto dos locais onde tentara avaliar o diamante, pegou o ônibus para Feira de Santana.

Tinha certeza de que várias desgraças desabariam sobre ele, causadas pela pedra *infusada*.

Ao chegar à fazenda, soube que Zizete desaparecera desde a tarde anterior, no rio em que costumava lavar roupas. Dias depois o corpo foi encontrado. Concluiu-se que ela tivera um mal-súbito no coração e caíra ao rio, afogando-se.

Agenor não chorou dessa vez. Depois do enterro da mulher, pouco falou. Foi remoer os pensamentos junto a uma garrafa de aguardente.

Muitos anos se passariam antes que ele contasse a velha história a qualquer pessoa.

**Lençóis, Bahia, nos dias de hoje.
Domingo à tardinha.**

CAPÍTULO

XII

Logo ia anoitecer. Cora acendeu o lampião e cobriu Agenor com mais uma colcha; o velho se acalmara, depois de contar, com voz cada vez mais fraca, o resto de sua história. Suas energias pareciam completamente esgotadas.

Rodolfo fez um sinal a Bruno. Precisavam voltar à cidade, e o filho ainda tinha nas mãos o saquinho de couro. O garoto suspirou e chegou mais próximo ao velho.

– Seu Agenor...

– Fale, *m'nino* – foi a resposta quase inaudível.

– O diamante... eu sei que o senhor me deu ontem, mas não posso ficar com ele.

O homem olhou bem para Bruno, depois relanceou o olhar para Rodolfo e Cora.

– Vocês são gente boa. Cuidaram de mim, ouviram minha história... mas também têm medo da maldição, eu sei. *Num* querem passar tudo que minha família passou. *Tá* certo, gente boa *num* merece a desgraça dessa pedra *do demo*.

Rodolfo tomou o saquinho de Bruno e pôs nas mãos do moribundo.

– Não é isso, seu Agenor. Esse diamante vale muito dinheiro! O senhor tem filhos, a pedra deve ficar pra eles por direito. Se quiser, diga o endereço deles e nós damos um jeito de chamar.

– Não! – ele gritou, arremessando o diamante para longe de si.

A violência com que o velho falara assustou Cora, que veio ampará-lo. Agenor tentava levantar-se e tremia, os olhos esbugalhados.

– Calma, não fique nervoso. Nós não vamos chamar ninguém se o senhor não quiser.

– Veja, seu moço – o doente conseguiu afinal dizer –, eu só quero que me deixem morrer sossegado, sem hospital nem *famia... Des* que Zizete se afogou eu me atolei na bebida. Meus filhos me ouviram falar no diamante, quando *tava* tocado pela aguardente, e começaram a me infernizar... Licinho deu de me ameaçar, querendo a pedra. *Té* a minha Maria, que era moça boa, depois que casou com um capataz lá da fazenda, arrumou briga comigo por causa da história do diamante. O marido dela mais Licinho *cabaram* brigando de faca!

Bruno franziu as sobrancelhas.

– Mas, então, por que o senhor não deu logo a pedra pra eles? Podiam vender de uma vez e acabar com a briga e com essa história de maldição.

Agenor voltou a se deitar, ainda trêmulo.

— Eu *num* podia deitar essa desgraça na mão de meus filhos. Foi por isso que eu sumi de lá. Fugi mais a pedra. Passei muita necessidade nessas estradas, só Deus sabe como me arranjei, mas consegui chegar em Lençóis. Eu precisava devolver essa pedra pra terra de onde veio!

— Entendemos sua intenção – retrucou Rodolfo –, mas pense na fortuna que ela vale. Só porque não conseguiram vendê-la antes, não quer dizer que agora não consigam.

— Já imaginou, seu Agenor? – interferiu Bruno. – Dá para os seus filhos ficarem muito ricos, viverem no conforto!

O moribundo fechou os olhos, que pareciam pesados de cansaço.

— Entenda, *m'nino*. A vida da gente sempre *tá* cheia de problema. Tem trabalho, dificuldade, doença... nada disso se resolve com riqueza. Esse diamante até hoje só causou morte e cobiça. *Num* quero que Licinho e Maria se desgracem feito Dianá, Osória e eu. Fique com a pedra, e se *num quisé vendê*, jogue no rio. Devolva pra terra. Mas *num* dê a *meus fio* não! *Num* dê a eles não...

Rodolfo ainda quis argumentar com o velho, pelo menos tentar obter o endereço dos filhos. Porém foi inútil: o velho não os ouvia mais. Cora veio auscultá-lo.

— Melhor vocês irem embora, agora. Ele vai dormir.

Bruno levantou-se e foi pegar o saquinho de couro, caído num canto da casa.

– E a pedra? Você dá pro seu Agenor amanhã, Cora. Quem sabe aí ele aceite.

Cora olhou com pena para o menino.

– Bruno, amanhã ele talvez não esteja mais vivo. Está entrando em coma: tenho certeza de que não passa desta noite.

O rapaz olhou para o velho corpo na cama, sentindo os olhos úmidos. Não estava acostumado com a morte. Sem querer, via-se ligado ao pobre homem e sua partida o atingia.

– Pai, o que a gente vai fazer?

Rodolfo o abraçou.

– Não sei, filho. O diamante pertence à família dele, mas se o homem morrer antes de nos dizer o endereço, como vamos encontrá-los?

Cora pegara um xale e parecia preparar-se para sair.

– Vou chamar umas mulheres da região para velar o coitado. Vou ver também se alguém chama a polícia ou a ambulância na cidade. Eles vão dispor do corpo, depois...

– Não quer que eu faça isso? – insistiu Rodolfo. – Posso mesmo levar o homem a um posto de saúde ou hospital. Aliás, o que eu quis fazer desde o começo.

Cora, porém, num gesto raro, afagou o braço dele.

– Os médicos iriam fazer o que eu fiz com minhas ervas: aliviar a dor para ele morrer em paz. E acho bom vocês não se envolverem mais. Já chega terem se metido nas trilhas dos garimpeiros.

Rodolfo apertou os olhos. Seria um espião tão óbvio, que todos desconfiavam do que fora fazer em Lençóis? Ambrósio, os jagunços, o homem do terno branco e agora até a bruxa local?

– Cora, eu... – começou a falar, mas ela o interrompeu.

– Não se preocupe. Há muitos interesses em jogo por aqui, sim, e quanto menos vocês se meterem com os negócios da terra, melhor. Pegue a estrada e ninguém vai ameaçar sua vida.

Ele retribuiu o afago, lembrando-se do beijo que haviam trocado.

– Deixe só dizer uma coisa. Se não vamos conseguir entregar essa pedra aos parentes dele, fique com ela. Você é herdeira legítima do Coronel Osório. O diamante lhe pertence! Pense quanta coisa se pode fazer com o dinheiro da venda dessa pedra.

Cora não respondeu e deixou a casa bruscamente. Rodolfo a seguiu.

Lá fora anoitecia. Os últimos vestígios do sol ainda brilhavam em tons de rosa e dourado, a Oeste. Os morros, o vale, a vegetação junto ao rio, tudo parecia salpicado pela mágica do pôr do sol.

Havia também um perfume no ar, que lembrava bastante o perfume de Cora.

Ela não olhou para ele, mas começou a falar devagar.

– Sabe, um dia Serra Pelada também deve ter sido assim. Deve ter havido plantas, rios tranquilos, fins de tarde como esses aqui. Até que alguém descobriu riquezas no fundo daquela terra, e o país inteiro despencou lá pra cavar! Dinheiro nenhum paga a destruição da natureza, Rodolfo. E se eu ou o velho ficarmos com a pedra, você sabe o que pode significar para Lençóis.

Os dois ficaram por um momento apreciando o pôr do sol.

Sim, eles sabiam o significado de se tornar pública a existência daquele diamante. Conheciam a ganância dos homens, a falta de escrúpulos dos que só querem explorar a terra sem dar nada em troca.

A imagem da Chapada Diamantina toda corroída por garimpeiros passou por suas mentes.

Bruno saiu da casa, a mochila numa das mãos e o saquinho com o diamante na outra. Pôs a mochila nas costas e jogou a pedra ao pai.

– Ele dormiu mesmo, coitado. Então isso que é coma?

Rodolfo e Cora olharam-se, não havia entre eles o menor sinal de animosidade.

– Vamos, filho. Cora, devemos ir embora da cidade amanhã. Tenho de passar por Salvador e entregar o carro antes de voltar a São Paulo. Será que nós...

Ela abanou a cabeça, num quase sorriso.

– Não voltem aqui. Eu vou encaminhar o corpo do velho, não se preocupem.

Bruno arregalou os olhos.

– E a gente nunca mais vai se ver? Eu... é que... puxa, a gente ficou amigo, né?

Um olhar maroto do filho para ele, fez Rodolfo enrubescer. Agora tinha certeza de que Bruno o vira beijá-la. Tentou dizer alguma coisa, mas Cora falou antes.

– Não tem uma música que diz que *amigo é coisa pra se guardar no lado esquerdo do peito*? – declarou ela. – Nós vamos nos ver outras vezes, sim. Eu vou ter de resolver uns negócios em Minas no mês que vem, talvez precise ir a São Paulo antes.

– Então *cê* vai ver a gente! Pai, dá o endereço pra ela. E o telefone.

Foi a vez de Rodolfo sorrir.

– Já está anotado lá dentro, naquele caderninho de endereços num canto da cômoda. Agora vamos, filho, antes que escureça demais.

– Acho que eu vou pro carro – disse Bruno, olhando pela última vez o casebre. – Tchau, Cora! Vamos te esperar.

O garoto a abraçou e foi correndo pela trilha na direção do carro. Rodolfo olhou-a em silêncio. Pensou em quantas surpresas aquela viagem havia proporcionado. Quantas descobertas brilhantes ocultas sob aparências rústicas.

– Como Bruno disse, vamos te esperar. Eu... – quis falar mais, porém ela não deixou.

– Boa viagem – disse ela suavemente, tocando o rosto dele com os dedos. – Cuidado na estrada. E pode esperar, eu encontro vocês.

Ele guardou o saquinho no bolso, suspirou e foi atrás do filho.

Cora voltou à casa, diminuiu a luz do lampião e deu uma olhada no moribundo. Só então enrolou-se no xale e se dirigiu para o morro além do vale, em direção a um aglomerado de casas. Ainda ouviu o ruído do motor do carro de Rodolfo ao se afastar.

A imagem dele e de Bruno enchiam sua mente.

"Vocês são gente boa", tinha dito o pobre Agenor. Sim, aqueles quase estranhos eram gente boa, e ela, mesmo contra a vontade, se sentia muito ligada a eles.

Queria vê-los de novo.

Seguiu em frente e suspirou, sabendo agora que os laços com a civilização e talvez com a vida, que tentara cortar com tanta violência, eram mais fortes do que pensara. Não podiam ser rompidos.

Segunda-feira pela manhã.

Rodolfo e Bruno deixaram o hotel-pousada sob o sol quente. Um rapaz colocou a bagagem no porta-malas do carro, aguardou a gorjeta que Rodolfo providenciou e afastou-se com votos de boa viagem.

Rodolfo entrou no carro e sorriu para o filho. Este piscou para ele; do outro lado da rua, aparentemente entretido em observar um vira-lata que dormia ao sol, estava o homem da faquinha preta, remoendo o bigode; o chapéu mole ocultava seus olhos.

– Vamos passar no Mestre e comprar um petisco para beliscar no caminho? – sugeriu o pai.

Bruno assentiu. Sem uma palavra, Rodolfo seguiu rua abaixo e estacionou o carro em frente ao bar.

Ao tomarem assento numa das mesas, o garoto estremeceu e apontou para a porta. Viram o sujeito bigodudo entrar, colocar duas revistas velhas na mesinha ao lado deles, acenar para Ambrósio e voltar à rua.

A primeira era uma revista de Salvador, a outra do Rio. Na capa de ambas, datadas de meses atrás, havia chamadas para notícias a respeito da morte de dois fiscais do Ibama. A local ostentava a imagem dos corpos cobertos, com um fio de sangue escorrendo pelo chão, e dizia "A morte ronda a Chapada". Já a outra ostentava uma manchete mais genérica: "Corrupção pode ser responsável pelo assassinato de fiscais no Nordeste do Brasil".

Rodolfo apertou a mão do filho, murmurando:

– Fique firme. Não vamos nos intimidar com isso.

Então viram o Mestre sair de trás do balcão para recebê-los com um sorriso falso.

– *Intão*, é mesmo verdade que vão *s'imbora*?

Os dois fingiram não perceber que o homem *já sabia* que eles haviam deixado o hotel. A rede de informações na cidadezinha era mesmo eficiente.

– Vamos, Mestre Ambrósio. As férias foram boas, mas quinta-feira tenho de estar no escritório. E meu filho logo volta às aulas.

– É pena, justo agora que estiou. Vai começar uma estação boa, de calor.

Bruno riu.

– Mais calor? Pensei que já estava bastante quente.

Ambrósio riu seu riso de gengiva arreganhada.

– Ah, *m'nino*, precisa ver o que é calor. Isso aqui, no verão, é de derreter a moleira de qualquer cristão!

– Bem, para nossa despedida, Mestre, veja dois sucos geladinhos e uma porção de salgados pra viagem. Vamos levar o gostinho de Lençóis pelo menos por alguns quilômetros.

À espera dos sucos, pai e filho trocaram novo olhar de suspeita. Um homem vestido de branco entrara no bar, cercado por dois sujeitos mal-encarados, logo seguidos pelo bigodudo que os estivera vigiando.

Trocaram algumas palavras e então o desconhecido sentou-se na mesa bem ao lado deles.

Bruno suspendeu a respiração. Rodolfo tocou-o levemente com o pé, sob a mesa.

Parecia querer dizer: "Fique frio".

Ambrósio trouxe os sucos e foi abordado pelo homem, que falava mansamente.

– Pois Ambrósio, *num* me apresenta seus amigos?

O Mestre não hesitou.

– *Ara, dotô* Teotônio, são turista de São Paulo, Seu Rodolfo e o filho. *Tão* de partida hoje.

Rodolfo entrou no jogo despudoradamente, um sorriso largo.

– Como vai? Eu e meu filho adoramos a cidade. Bem que o pessoal da Agência de Turismo tinha me dito. Nada como um lugar agreste, sossegado, para a gente descansar. Não achou, filho?

Bruno tentou copiar o tom animado do pai.

– Claro! Tem cada lugar incrível. Tirei um monte de fotos, e ainda quero tirar mais umas. Quem sabe dá pra gente ver uma última cachoeira.

– O senhor mora aqui? Nasceu na região? Deve conhecer tudo isto feito a palma da mão – disparou Rodolfo, sem dar uma pausa para que o homem do terno branco pensasse.

– Sim – foi a resposta cautelosa –, sou da terra. Mexo com venda de gado. Coisa pequena, que a região *num* é muito rica de pastagem, mas é negócio que sempre tem futuro.

Ambrósio parecia fascinado, escutando aquele bate-papo teatral. Foi se intrometendo.

– *Dotô* Teotônio é muito conhecido aqui em Lençóis, Andaraí e Itaberaba. Emprega bastante gente e tem *influença* com a Prefeitura e até com o Governador, *num* sabe?

– Muito bom – arrematou Rodolfo. – Esta terra precisa de gente empreendedora como o senhor. Aposto que em poucos anos Lençóis vai ser um ponto turístico tão importante quanto Ilhéus ou Porto Seguro! Beleza natural aqui tem pra dar e vender.

Bruno terminara o suco e levantava-se, inquieto.

– Vamos, pai? Pegar estrada debaixo desse sol não vai ser fácil, e eu ainda queria fotografar a cachoeira.

Rodolfo levantou-se também, apertou efusivamente a mão de Teotônio e pagou Ambrósio.

– Muito prazer. E, Mestre, obrigado por tudo. Vou recomendar aos meus amigos de São Paulo umas férias aqui, e pelo menos uma refeição no seu bar. Prometo que ainda volto pra mais uma temporada!

– Deus lhe ouça, *dotô* Rodolfo. Deus lhe ouça! Boa viagem, que o Senhor dos Passos lhes proteja.

Entre a poeira suspensa que a luz do sol fazia brilhar, o carro arrancou e deixou as ruas de Lençóis para trás.

Ambrósio suspirou e foi passar um pano na mesa desocupada.

– É, *dotô*, mais um turista que se vai. Cada ano eles aumentam. Acho que vou ampliar meu bar, *num sabe*? Uma pousada ia dar bem certo aqui. E ia ser bom pra todo mundo. Um investimento de muito lucro.

O homem não respondeu, apenas ignorou a insinuação e fez um gesto de cabeça para os capangas que o esperavam nos fundos do bar. Cumprimentou Ambrósio levando a mão ao chapéu e saiu com os homens.

– Tem gente que desconfia *té* da própria sombra... – resmungou o Mestre, voltando para trás do balcão.

O rio Serrano brilhava, as águas corriam rápidas e volumosas. Rodolfo levou o carro até onde foi possível e estacionou. Pai e filho caminharam em direção à cachoeira.

Passaram pelos salões de areia, enormes blocos de rochas sedimentares que soltavam grãos de várias tonalidades. Viram pessoas recolhendo atentamente a areia colorida: os artesãos da região as usavam para fazer desenhos dentro de garrafas, aproveitando a diversidade de cores natural das areias. Afinal, chegaram até o ponto mais alto e ficaram apreciando a queda d'água.

A cachoeira Primavera descia com grande volume de água, terminando em espuma muito branca despejada no rio, que seguia ainda mais revolto. Podiam ver, num trecho mais calmo, mulheres lavando trouxas de roupa. Junto à cachoeira, respingos de água boiavam no ar tornando a atmosfera fresca e úmida. Bruno respirou fundo.

– Vou sentir saudades daqui, pai.

– Eu também – completou Rodolfo, quase sem pensar.

A imagem de Cora estava na mente de ambos quando o pai tirou do bolso o saquinho de couro, e extraiu o diamante. Mesmo em bruto, com a aparência de uma pedra comum, podia-se adivinhar o brilho oculto em seu interior. O garoto tomou a pedra das mãos do pai e suspirou.

– Vamos mesmo fazer isso, pai?

Rodolfo não respondeu imediatamente.

A história de Agenor veio-lhe à memória em todos os seus lances pitorescos e trágicos. Olhou para a pedra na mão do filho, uma fortuna desperdiçada. Contudo, não podia esquecer as palavras de Cora sobre Serra Pelada.

– Você é quem sabe, filho – disse afinal. – Quer ficar com ele? Não acredito nesse negócio de maldição. O que me preocupa são as complicações, o Imposto de Renda, a cobiça humana. Sem falar na corrida que haveria pra cá se a descoberta dessa pedra caísse na boca do povo. Mas não quero que você me culpe no futuro, quando eu estiver sem dinheiro.

Bruno sorriu, um sorriso maduro, inesperado para o pai.

Quando, ao encontrar o filho no aeroporto em Salvador, poderia esperar que terminariam as férias compartilhando dúvidas e segredos?

– Acho que eu entendi aquele ditado que diz que "dinheiro não é tudo na vida". Posso?

Um aceno do pai e Bruno arremessou a pedra com toda a força na direção do rio.

Viram o diamante brilhar uma única vez antes de sumir na espuma branca. Imaginaram o som de algo mergulhando. Depois, apenas o ruído intenso da cachoeira.

Voltaram para o carro. O menino ainda olhou as mulheres que lavavam roupas, seus filhos remexendo nos seixos do rio, catando pedrinhas para brincar.

– Alguém pode encontrar ele um dia, pai.

Rodolfo ligou o carro e engatou a primeira marcha.

– Eu sei, filho. Pode acontecer. Mas não acredito não: tem muita pedra nesse rio, muita água também. E ela já deve ter levado toneladas de diamantes pro mar. Vamos embora.

A estrada para Feira de Santana brilhava sob o sol.

Durante vários quilômetros, viajaram em silêncio, e ainda levavam o ronco insistente da cachoeira Primavera nos ouvidos.

Bruno sentou-se num dos bancos da sala de embarque. O aeroporto de Salvador estava lotado. Parecia que o Brasil inteiro viera para a Bahia nas férias. Apoiou os pés nas maletas que haviam sobrado, depois que o pai e Lourenço despacharam as malas maiores. Abriu de leve o zíper de uma delas e olhou com prazer os vidrinhos com desenhos de areia colorida que comprara para a mãe e para Mônica. Uma espécie de dor gostosa, talvez de saudades, talvez de medo, tomou conta de seu corpo. Mônica teria recebido os últimos cartões que ele mandara? Fazia uns dias que não se falavam pelo celular. Ela poderia até estar namorando outro...

Mas Bruno descobrira algo surpreendente: a incerteza sobre o futuro era componente importante na química do gostar de alguém. Ter certeza de tudo nem sempre era agradável.

Uma coisa, porém, era certa: a recepção de Lourenço fora calorosa, quando chegaram, no dia anterior, na sede da empresa. Haviam pernoitado em sua casa e, embora ele tivesse se trancado numa sala com Rodolfo, para falarem de "negócios", Bruno ouvira, de novo, boa parte da conversa e sorrira para si mesmo.

O resultado da "espionagem" fora que, após analisar as fotografias enviadas pelo engenheiro, um juiz em Brasília finalmente decidira reabrir o inquérito e ir mais fundo sobre as mortes dos fiscais e as invasões de terras na Chapada. O poderoso fazendeiro Teotônio, que haviam conhecido, e que era o principal suspeito da morte dos fiscais, seria um dos primeiros nomes a ser investigado.

"Nem acredito que a gente esteve frente a frente com mandantes de crimes e que saímos de lá a salvo", pensou, com alívio.

Uma mulher perfumada sentou-se no banco a seu lado na sala de embarque. Irritado, Bruno pensou que o pai perdera o lugar. Também, quem mandou demorar tanto se despedindo de Lourenço? A moça da empresa aérea já ia chamar seu voo, e uma pequena fila se formava em frente ao portão de embarque; se Rodolfo não voltasse logo, perderiam o voo. Levantou-se, incomodado com o perfume da mulher, que lembrava um pouco o de sua namorada... e o de Cora.

Mais uma vez a imagem dela se confundiu, em sua mente, com a de Mônica. Como ela estaria? Teria ficado com alguém naquelas férias? Bem, logo saberia; em algumas horas chegariam a São Paulo, se Rodolfo não os fizesse perder o voo.

– Passageiros do voo 366 para São Paulo. Embarque imediato no portão três.

– Vamos, filho.

Rodolfo chegara e já tomava uma das malas de mão. Bruno imitou-o e encaminharam-se para a fila. Eram os últimos... não, penúltimos. Uma mulher passou correndo pelo corredor e irrompeu na sala de embarque, colocando-se logo atrás deles.

Pai e filho se voltaram ao mesmo tempo, atingidos em cheio pelo perfume.

– Que foi, viram um fantasma? – disse Cora, um tanto irritada, pegando no bolso do agasalho o cartão de embarque – tive de correr um bocado para chegar a tempo! Cidades grandes... Tinha me esquecido de como o trânsito em Salvador é complicado.

– Espera só até ver o de São Paulo! – foi só o que Bruno conseguiu dizer.

Rodolfo não abriu a boca.

A funcionária no portão conferiu os cartões de embarque, notando que o senhor com o menino parecia estar passando mal. "Vai ver", concluiu, "ele tem medo de voar".

Fechou o portão de embarque e ficou olhando os últimos três passageiros seguirem para a ponte que dava no avião.

O homem parecia agora ter perdido o medo e estar muito, muito feliz.

Vocabulário de termos regionais

Aperreia = aborrece, de aperrear, chatear, aborrecer.
Arrenegá = arrenegar, desistir.
Bamburrar = enriquecer subitamente com o garimpo.
Batear = peneirar o cascalho do rio em busca de diamante ou ouro.
Bruaca = bolsa feita de couro de animal para pendurar no cavalo e levar todos os pertences. Pode designar também mulher muito chata.
Bucho = barriga.
Cabeça d'água = nascente de rio.
Campeando = procurando; de campear, procurar pelos campos.
Capanga = espécie de saco de pano pendurado no pescoço, de atravessado.
Capangueiros = homens que compravam os diamantes dos garimpeiros, vendendo logo após; intermediários, atravessadores.

Carpiu = velou, chorou; de carpir, lamentar um morto. Em várias sociedades, sempre existiram carpideiras, mulheres encarregadas de velar os defuntos.

Espinhaço = coluna vertebral.

Fazenda fina = pedra pura, de grande valor.

Infusado = problemático, endividado, amaldiçoado. No caso, mercadoria difícil de ser vendida. Pode ser entendido também como garimpeiro azarado.

Mor = da expressão por mor de... causa, porquê.

Picuá = saquinho de couro (no caso, usado para transportar diamantes).

Quenga = amante, prostituta.

Riba = cima (pra riba = para cima, em riba = em cima).

Sezão = febre intermitente.

Tinhoso = do demônio.

Coordenação editorial: Elaine Maritza da Silveira
Capa, projeto gráfico e ilustrações: Marco Cena
Revisão: Carla Araujo
Produção editorial: Bruna Dali e Maitê Cena
Produção gráfica: André Luis Alt

Dados Internacionais de Catalogação na Publicação (CIP)

R586d Rios, Rosana
Diamante bruto. / Rosana Rios e Eliane Martins. – Porto Alegre:
BesouroBox, 2014.
184 p.: il.; 14 x 21 cm

ISBN: 978-85-99275-83-2

1. Literatura infantojuvenil. 2. Novela. I. Título. II. Martins,
Eliane.

CDU 82-93

Bibliotecária responsável Kátia Rosi Possobon CRB10/1782

Direitos de Publicação: © 2014 Edições BesouroBox Ltda.
© Rosana Rios e Eliana Martins, 2014.

Todos os direitos desta edição reservados à
Edições BesouroBox Ltda.
Rua Brito Peixoto, 224 - CEP: 91030-400
Passo D'Areia - Porto Alegre - RS
Fone: (51) 3337.5620
www.besourobox.com.br

Impresso no Brasil
Fevereiro de 2014